Herbert Rosendorfer:
Herkulesbad
Skaumo

Deutscher
Taschenbuch
Verlag

dtv

Von Herbert Rosendorfer
sind im Deutschen Taschenbuch Verlag erschienen:
Das Zwergenschloß (10310)
Vorstadt-Miniaturen (10354)
Briefe in die chinesische Vergangenheit (10541;
auch als dtv großdruck 25044)
Stephanie und das vorige Leben (10895)
Königlich bayerisches Sportbrevier (10954)
Die Frau seines Lebens (10987;
Auswahl auch als dtv großdruck 25068)
Ball bei Thod (11077)
Vier Jahreszeiten im Yrwental (11145)
Eichkatzelried (11247)
Das Messingherz (11292)
Bayreuth für Anfänger (11386)
Der Ruinenbaumeister (11391)
Der Prinz von Homburg (11448)
Ballmanns Leiden (11486)
Die Nacht der Amazonen (11544)
Über das Küssen der Erde (11649)

Ungekürzte Ausgabe
Dezember 1992
Deutscher Taschenbuch Verlag GmbH & Co. KG,
München

ISBN 3-485-00495-2
ISBN 3-485-00591-6
Umschlaggestaltung: Celestino Piatti
Satz: IBV Satz- und Datentechnik GmbH, Berlin
Druck und Bindung: Kösel, Kempten
Printed in Germany · ISBN 3-423-11616-1

Inhalt

Das Buch

In diesem Band sind zwei der skurrilsten Erzählungen Herbert Rosendorfers vereinigt, in denen sich phantastische Sehnsüchte mit exponierten Orten mischen. Die erste Geschichte berichtet vom k. u. k. Thronfolger. Erzherzog Joseph Ferdinand, hier eine Erfindung Herbert Rosendorfers, plagen geheimnisvolle Anfälle, von langen Ohnmachtsphasen mit Träumen und Gesichten begleitet. Vor allem, wenn das Fis ertönt. Und diesen Ton gibt es häufig, besonders beim Chopin-Spiel seiner Frau, der schönen Erzherzogin Beatrix, oder im ›Tannhäuser‹ in der Oper. »Rosendorfer erzählt mit jener liebevollen Freude am Detail«, schreibt ›Die Presse‹, Wien, »mit jenem Hang zum Skurrilen, mit jener Lust am Poetisch-Abseitigen, die ihn immer auszeichnen.«

Der Autor

Herbert Rosendorfer wurde am 19. Februar 1934 in Bozen geboren und lebt in München. Einige Werke: ›Der Ruinenbaumeister‹ (1969), ›Das Messingherz‹ (1979), ›Ballmanns Leiden‹ (1981), ›Briefe in die chinesische Vergangenheit‹ (1983), ›Die Nacht der Amazonen‹ (1989), ›Die Goldenen Heiligen oder Columbus entdeckt Europa‹ (1992), Romane; ›Der Prinz von Homburg‹ (1978), Biographie; ›Mitteilungen aus dem poetischen Chaos‹ (1991), Erzählung.

Herkulesbad

I

Am Abend eines herbstlichen Tages im Jahre 18.. stand der junge Erzherzog am Fenster seines Schlosses. Die Dämmerung war vorbei, und die von ihr zu Konturen aufgelösten und zum farblosen Bild verblaßten Bäume des Gartens nahmen wieder Gestalt an, die verschieden von der des Tages ist wie das menschliche Nachtgewand verschieden von dem täglichen. Als wäre ein Zauberer durch den Garten gegangen, erschien es, und hätte die Laternen gelöscht, den Bäumen aber ein eigenartiges, gnomisches Leben gegeben; als wäre er dann zurückgekehrt in seine geheime Alchimistenstube in der Orangerie, wo er jetzt zu Bette ginge und danach hier das Licht auslöschte, so daß auch dieses Gebäude in der Dunkelheit eine andere Gestalt annahm, die einer Barke etwa, die scheinbar sanft bewegt vom abendlichen Wind in einer Felsenbucht vor Anker liegt.

In Wirklichkeit jedoch war es der letzte Bedienstete des jungen Erzherzogs gewesen, der, ungeachtet der Krankheit seines Herrn, zur Ruhe geschickt worden war und der in jenem abgetrennten Teil des Schlosses das Licht seiner Schlafkammer gelöscht hatte, um den Schlaf zu finden, der dem Erzherzog versagt sein würde. Denn der hatte wieder einen der oft unerwarteten Anfälle, die, wenn sie ihn abends überfielen, die Nachtruhe fraglich machten.

Der Erzherzog war nicht allein gewesen als die ersten Zeichen des Anfalls gekommen waren, denn es war gerade die Zeit des täglichen Rapportes. Sein Adjutant, der Oberstleutnant d'Evreux, Kommandant des Ehren-Regimentes, dem der Erzherzog als Inhaber vorstand, meldete die Vorfälle des Tages. Es war jedoch nichts vorgefallen. Nie fiel etwas vor.

»Melde gehorsamst«, begann jeden Abend der Rapport, und der Graf – sonst feinsinnig – nahm Haltung an, das heißt: bezeugte mit Händen und Füßen, leider besonders mit Füßen, seine militärisch vorgeschriebene, tadellose Ehrfurcht vor dem Vorgesetzten, knatterte die Absätze auf das kostbare Parkett. Der Erzherzog hatte es nie übers Herz gebracht, dem Adjutanten das zu verbieten, und so verlegte er – Graf d'Evreux hatte den Grund nie durchschaut – den Rapport täglich reihum durch die verschiedenen Zimmer, soweit dazu geeignet. So verteilten sich die verheerenden Folgen des militärischen Absatzknatterns in einem Turnus von ungefähr drei Wochen. Im Sommer, wenn es nicht gerade regnete und der Gesundheitszustand des Erzherzogs es zuließ, nahm er den Rapport im Garten entgegen. Da spritzte beim Gruß nur der Kies.

Die Meldung selbst war jeden Abend die gleiche und wurde rasch abgewickelt wie die selbstverständlichen Eröffnungszüge bei einem Schachspiel unter Meistern. Auf die offizielle Eröffnung folgte in aller Regel ein langes, freundschaftliches Gespräch oder auch ein Tarock zu dritt – die Erzherzogin oder deren Hofdame, eine Gräfin Cilley, war dann Partner – bis in die tiefe Nacht hinein.

Heute aber war es nicht zu dem freundschaftlichen Teil des Rapports gekommen, denn schon als der Erzherzog dem Grafen wie gewohnt antwortete:

»Commodieren Sie sich, d'Evreux«, spürte er den beginnenden Anfall der hinterhältigen Krankheit, deren Auswirkungen er nicht länger als einige Momente hinauszögern konnte.

»Was melden Sie mir?«

»Melde gehorsamst, Kaiserliche Hoheit: Nichts.«

»Es ist nichts vorgefallen –«

»Nein, Kaiserliche Hoheit.«

»Es fällt nie etwas vor.«

Hier führte der Erzherzog die Hand zum Hals und schloß die Augen.

»Was ist Ihnen, Kaiserliche Hoheit?« Der Oberstleutnant legte erschrocken seinen Helm auf den Tisch. Der Erzherzog schüttelte den Kopf. Das freiwillige Schütteln, das bedeuten sollte: es wäre nichts, ging in ein heftiges unfreiwilliges Schütteln über, bis es den ganzen Körper des jungen Erzherzogs erfaßte und aus seiner Brust einen kurzen, unmenschlichen Laut preßte, der an zwei Geräusche gleichzeitig erinnerte: das Öffnen einer verkorkten Flasche und das Bellen eines Hundes bei geschlossenem Maul.

»Ein Anfall, Kaiserliche Hoheit?«

Der Kopf des Erzherzogs wurde rot, als das Geräusch sich ihm entpreßte, und hernach wieder bleich. Der Offizier legte jetzt auch den Säbel auf den Tisch und führte den Erzherzog ans Fenster.

»Darf ich Kaiserliche Hoheit den Kragen öffnen?«

Der Erzherzog nickte, aber auch das Nicken verwandelte sich wieder in das Aufpressen des unglücklichen Brusttones, der mit gesteigerter Heftigkeit kam, so daß es den zarten Körper des jungen Fürsten in die Höhe zu heben schien. Schnell knöpfte Graf d'Evreux den obersten Knopf des erzherzoglichen Uniformrockes auf. Dann wollte er das Fenster öffnen.

»Halt«, sagte der Erzherzog leise und heiser, »halt, nicht aufmachen, die Erzherzogin spielt auf dem Klavier...«

Tatsächlich drang aus dem untersten Stock das Spiel der Erzherzogin in das Zimmer. Es waren zwei hohe Töne, leidenschaftlich angeschlagen, denen ein auf- und abschwellender Reigen schwermütiger Läufe folgte, selten nur wieder unterbrochen von den zwei besonderen Tönen der hohen Leidenschaft, die aber sogleich zu Seufzern absank.

Graf d'Evreux nannte den Komponisten.

»Ein Walzer«, flüsterte der Erzherzog, die Hand immer noch am Hals, »einer der wenigen mit Piano-Anfang. Deshalb haben wir diesen Anfang nicht gehört.«

»Kaiserliche Hoheit dürfen nicht sprechen.«

»Schon ist es vorbei«, sagte der Erzherzog und nahm die Hand vom Hals. Aber da begann der Anfall von neuem. Es war wie eine pendelnde Attacke nach napoleonischem Muster. Unausgesetzt preßte es aus der Brust jenen Schmerzenslaut, so daß es den willenlosen Erzherzog bis hinunter zu den Füßen schüttelte und er endlich, die Besinnung verloren, dem Oberstleutnant in die Arme sank.

Jetzt öffnete Graf d'Evreux das Fenster. Sogleich drang die Musik der Erzherzogin in den Raum, lauter als durch die Wände und Gänge – denn auch sie hatte das Fenster in den Garten hinaus geöffnet –, verwandelt aber durch die Dunkelheit und gleichsam filtriert zu einer nächtlichen Schönheit, die mit der Komposition nichts mehr zu tun hatte. War es das Flehen einer in einen Schwan verzauberten Nymphe zu einer verbotenen heidnischen Gottheit? Oder war es der letzte Gesang eines Überirdischen, der in menschliche, zerbrechliche Gestalt gebannt ist und auf nichts hofft, als auf den Tod? Eine Sterbemusik, sagte zu sich der Graf d'Evreux. Er trug den jungen Erzherzog vorsichtig zu einem der hohen Armstühle, die an Sitzfläche und Lehne mit Darstellungen der antiken Helden in Perl-Stickerei verziert waren. –

Sobald der Erzherzog das Bewußtsein verloren hatte, war es, als wäre die Krankheit machtlos geworden. Einige Male noch schüttelte der jetzt kraftlose Anfall die Brust des jungen Prinzen, und dann waren die Attacken vorbei.

Der Erzherzog öffnete die Augen.

»Wie ist Ihnen jetzt, Kaiserliche Hoheit?«

»Geben Sie mir bitte einen Slibowitz.«

Es war eine Ausgewogenheit des Erzherzogs, besonders freundliche Gäste von eigener Hand zu bewirten, selbstverständlich auch den Grafen d'Evreux, sofern der Rapport in diesem Zimmer entgegengenommen wurde (alle drei Wochen also), und von diesen Gelegenheiten wußte der Graf, wo sich die Hauskredenz im Zimmer befand. Er öffnete sie und suchte nach dem Slibowitz.

»Nehmen Sie sich bitte auch ein Glas, d'Evreux. Oder warten Sie, d'Evreux, ich kann es schon selber machen...«

Aber der Graf bat den Erzherzog, sitzen zu bleiben und bemerkte scherzhaft und quasi zur Aufheiterung, daß sich heute die Funktionen des Gastgebers und des Gastes einmal umgekehrt hätten. Aber der Erzherzog, obwohl wieder völlig beruhigt, war nicht aufzuheitern.

»Der zweite Anfall ist das heute gewesen«, sagte er.

»Wieviele Anfälle haben Kaiserliche Hoheit sonst am Tag?«

Der Graf brachte die beiden gefüllten Gläser und reichte eines davon dem Erzherzog.

»Wieviel am Tag? Sie sind gut; ich habe oft eine ganze Woche keinen. Setzen Sie sich zu mir, Graf d'Evreux.«

Der Graf setzte sich.

»Auf Ihr Wohl, Kaiserliche Hoheit.«

»Auf das Ihrige.«

Die Hand des Erzherzogs zitterte noch, eine Nachwirkung des Anfalles. Nachdem er getrunken, lehnte er sich zurück in den hohen Lehnstuhl und schob das Glas dem Grafen hin.

»Haben Sie die Flasche nicht hergebracht?«

»Ich werde sie sofort holen, Kaiserliche Hoheit.«

Jetzt erst wieder aufgeheitert, ohne aber selbst in der Aufheiterung die ernsten Gedanken an Tod und Ewigkeit zu verlassen, sang der Erzherzog: »Schnapserl, Schnapserl rinn', was nützt denn mir der Slibowitz, wenn ich gestorben bin.« Weit mehr als der Graf d'Evreux, der in der militärischen Rangordnung viel niedriger stand, selbstverständlich, als sein Vorgesetzter, der Thronerbe des Reiches, ja, mehr als irgendein Stadt-Baron, der von seinem Kutscher, von dem ihn kaum weitere Schranken trennten und mit dem er sich – das mag vorgekommen sein – durch Heirat oder sonstwie verschwägern kann, stand der Erzherzog, wie überhaupt regierende Fürstlichkeiten, dem unteren Volke nahe, beispielhaft an dem Schatz volkstümlicher Sprüche und dummer Gesänge, die ihm geläufig waren, deutlicher aber daran, wieviel besser er den Dialekt seines Landes beherrschte. Wie mag der Erzherzog das helle, das fremdwortreiche Wienerisch mit den bezeichnenden hochdeutschen oder französischen Zitaten und dem für jeden anderen Dialekt ungewöhnlichen, gelegentlichen Imperfekt erlernt haben, wo er nie eine Elementarschule besucht, nie auf der Straße gespielt hatte, nie ordinäre Schulkameraden gehabt hatte? Nun, es mag der Dialekt auf weitem Umweg zu ihm gekommen sein, über Eltern und deren Eltern, wie seine Titel und eben als ein besonderer, unveräußerlicher Ruhmestitel weit her aus der Zeit, als das Herrscherhaus noch so eng mit dem beherrschten Volk verbunden war, daß es seine Sprache erlernen konnte. Als die ersten Habsburger nach Österreich kamen – Albrecht und Rudolf, die Söhne des Kaisers Rudolf –, bemängelte man ihre schweizerische Sprechweise, die aber nachgewiesen der vierte Rudolf, der Stifter, bereits abgelegt hatte, denn er konnte unerkannt durch seine Hauptstadt spazieren, um die Meinung ihrer Bürger zu erforschen.

»Thema«, sagte der Erzherzog nach einer Weile, so lang etwa, wie um den vorigen Absatz zu lesen, und nachdem er einen zweiten Slibowitz getrunken und langsam einige Male geschluckt, um den ätherischen Rest des flüssigen Diamanten voll zu genießen.

»Wie meinen Kaiserliche Hoheit?«

»Thema – ich meine: das Stück, das die Erzherzogin eben zu spielen beginnt, heißt: Thema.«

»Ach so«, der Offizier lehnte sich wieder an den geraden Rücken des hohen Sessels.

»Ein sehr unpassender Titel. – Holen Sie mir

bitte, lieber Graf, aus dem anderen Zimmer eine Decke, die karierte.«

Der Graf stand auf und ging ins Nebenzimmer. Als er die Tür öffnete, trat ein Hund heraus, ein semmelgelbes Ardeschir-Babegan-Windspiel.

»Safran«, sagte der Erzherzog zu dem Tier, »Safran – wu-wu-«

Der Erzherzog verabscheute es, sich mit seinen Hunden wie mit kleinen Kindern in ungereimten Neckereien zu unterhalten, und so suchte er sich mit Safran in dessen eigener Sprache, also mit »wu-wu«, zu verständigen. Wie aber konnte der Erzherzog wissen, was sein eigenes »wu-wu« im Hunde-Idiom bedeutete? Vielleicht eine Platitüde? Oder eine Unanständigkeit? Safran, das Windspiel an des Herren Stuhles Seite, zeigte ein für einen Hund bemerkenswert kluges Gesicht. Als der Oberstleutnant das karierte Plaid über die Beine des Erzherzogs gebreitet hatte, veränderte Safran seinen Platz und bedeckte mit seinem semmelgelben Leib die Füße seines Herrn. Das Tier schlief ein. Nur ab und zu bewegte es seine Glieder, oder, wenn der Erzherzog seine Hand nach dem Kopf des Tieres ausstreckte, leckte es langsam an den Fingern.

»Der Schluß stört mich immer«, sagte der Erzherzog.

»Wie meinen Kaiserliche Hoheit?«

»Der Schluß des kurzen Stückes, das die Erzherzogin eben spielt.«

»Ach so, das Stück – Thema.«

»Es endet mit einer zweifellos eigenartigen Steigerung: auf eine scharfe Dissonanz – als Baßfigur für einen alterierten Akkord –, gefolgt von der rhythmischen Eigenart des Stückes, ich nenne sie: ›den Aufschrei eines Träumenden‹, verdichtet selbst zu einem Akkord – dem alterierten der Unterdominante –, kommt der einfache Schluß mit der fünften Stufe und den Fermaten. Es ist ein trivialer Schluß.«

»Kaiserliche Hoheit lieben das Stück nicht«, sagte der Graf verbindlich und geneigt, beizupflichten, »auch der Titel erscheint unpassend –«

»Mitnichten, ich liebe das Stück, zwar –« der Erzherzog sprach mit leiser Stimme, aber leise nicht aus Heiterkeit, sondern vor Entkräftung, »– zwar – es beginnt mit einem einfachen Akkord in der Terzlage...«

»Ich muß gstehen, ich habe nicht zugehört.«

Der Hund Safran schleckte an des Erzherzogs Finger.

»Deswegen beschreibe ich es Ihnen, lassen Sie nur, es macht mir Spaß: es beginnt also mit dem Akkord in der Terzlage und fährt fort mit einem eigenartig sehnsüchtigen, alterierten Akkord, über den als kleine Note ein Aufschrei erklingt, wie von einem Träumenden, ich sagte es schon... von einem Träumenden, von dem man nie erfahren wird, ob es aus Freude gewesen ist oder aus Leid, daß er aufgeschrien, weil er selber es vergessen haben wird, bevor er erwacht.«

»Aha.«

»So schön dieser Anfang ist mit dem ungewissen Schmerzenslaut, dennoch ist es kein Thema. Und doch heißt das Stück ausdrücklich so –« Der Erzherzog sprach jetzt noch leiser, aber nicht aus zunehmender Erschöpfung, sondern weil er in Gedanken zu sich selber sprach, »– es sei denn, allerdings, es sei denn, das ganze Stück ist ein Thema, ein kühnes Thema, etwa einer ungeschriebenen, nie aufgezeichneten Symphonie, die der Komponist so innig erfunden, liebend vielleicht, für sich selber hätte behalten wollen, aber doch nicht ganz für sich selber hat behalten können, weil er eben Künstler war... So hat er uns wenigstens das Thema aufgeschrieben, aber der leidenschaftliche Inhalt der Symphonie ist uns völlig verschlossen, und daß wir nicht einmal erkennen sollen, was das Thema bedeutet, hat der Komponist die beiden trivialen Fermaten-Akkorde als Schluß gesetzt, als ein gelungenes Kunstmittel... als den Werg, der die Ritze seines leidvollen oder freudenreichen Geheimnisses wieder abdichtet.«

Oberstleutnant d'Evreux nickte, hatte aber die Rede des Erzherzogs nicht verstanden.

»Safran ist eingeschlafen, Graf d'Evreux, ich darf mich nicht rühren, sonst wecke ich ihn. Warum soll ich ihn wecken? Schenken S' mir noch einen ein.«

Während d'Evreux jedes der Gläser auf ein neues mit Slibowitz füllte, summte der Erzherzog die Melodie des volkstümlichen Trinkspruches, den er oben zitiert.

»Auf Ihr Wohl, Kaiserliche Hoheit!«

»Auf das Ihrige!«

Die Erzherzogin hatte ein neues Stück zu spielen begonnen. Es war weit einfacher als das vorige und hatte statt eines Titels drei Sterne in der Überschrift.

»Ich sitze in diesen Sesseln so bequem, d'Evreux«, der Erzherzog lachte, scheinbar völlig aufgeheitert, »man wird gezwungen, ganz gerade und aufrecht zu sitzen. – Hören Sie, die Erzherzogin spielt wieder: ich liebe die Stücke ohne Überschrift...«

»Nicht nur *ich* bewundere Ihre Musikalität, Kaiserliche Hoheit...«

»Ach was, d'Evreux, es ist nur eine Sache des Gedächtnisses – der Hund regt sich im Schlaf, sehen Sie: auch Hunde träumen mitunter sehr lebhaft –. Zu anderer Stunde, wenn ich keinen Besuch erwarte, und daher kenne ich die Musikstücke alle, sitze ich gerne neben der Erzherzogin am Klavier, um ihr die Seiten des Notenheftes, während sie spielt, wenn notwendig, umzublättern. Ich höre ihr gerne zu.«

»Aber jetzt werde ich Sie entlassen, mein Graf«, schloß der Erzherzog, und d'Evreux erhob sich sofort, obwohl erstaunt, denn für gewöhnlich wurde der Rapport in diesem Zimmer lange fortgesetzt.

»Sie müssen mich mit meinem Anfall entschuldigen –«

»Gerade Ihr Anfall sollte es erfordern, daß ich hier bleibe –«

»Ach was.«

»Ich bin in Sorge, Kaiserliche Hoheit.«

»Seien Sie in Sorge«, der Erzherzog schlug die Decke von den Füßen und erhob sich, »aber seien Sie mir nicht böse.«

»Gewiß nicht, Kaiserliche Hoheit.«

Der Erzherzog stand auf und ergriff den Leuchter, um den Oberstleutnant bis zur Tür zu geleiten; und auch der Hund Safran hatte sich erhoben, schüttelte sein Fell, suchte aber gleich nach einem anderen Platz, um sich wieder hinzulegen.

»Ich werde Sie morgen wieder hier empfangen, Graf, und da werden wir alles Versäumte nachholen: das Tarockieren.«

Der Erzherzog war bis zur Hälfte der Tür gekommen, als ihn die Schwäche erneut ankam. Allein, er ließ sich nichts anmerken und faßte den Leuchter wie eine scheinbare Stütze.

Es war kein Schluckauf, der den Erzherzog diesmal anfiel, wohl eine Folge davon, aber milder für den Angefallenen und gnädiger. Graf d'Evreux bemerkte nichts, bis der Erzherzog den Leuchter fallen ließ. Die Kerzen fielen aus den Fassungen, brachen und verlöschten. Die eine oder andere Kerze flackerte noch einmal auf und versengte den Teppich; der Geruch von verbrannter Wolle verbreitete sich.

»Zu Hilfe!« rief der Graf. Er hatte nicht sehen können, wohin sein Herr gefallen war, hatte ihn nicht auffangen können wie das erste Mal. »Zu Hilfe, Kaiserliche Hoheit!«

Den Erzherzog hatte eine Blutschwäche angefallen, die damit beginnt, daß die inneren Flächen der Hände überempfindlich und dann gefühllos werden. Eine angenehme Kraftlosigkeit des ganzen Körpers folgt, und bevor der gefällte Erzherzog noch den Boden berührte, hatte ihn eine gänzliche Bewußtlosigkeit aufgefangen. Er spürte den Fall nicht mehr.

»Licht, Licht!« schrie Graf d'Evreux. Aber das Mondlicht überstrahlte den Raum, und es war nicht ganz finster, nachdem die Augen den veränderten Bedingungen gerecht geworden waren. Und, vorher ebenso unbemerkt, drang mit dem Mondlicht das Geräusch des Windes herein, der in den Kastanien des Parkes ein Meeresgeräusch imitierte, so daß der Graf hätte meinen können, er befände sich auf einem Schiff inmitten des Ozeans, dessen Kapitän allerdings hilflos zu seinen Füßen im Dunkeln lag.

»Licht, Licht!« schrie der Graf noch einmal, und er beschloß, vorerst einmal die Ofentüre zu öffnen, um mehr Helligkeit im Raum zu verbreiten. Vorsichtig stieg er über den Erzherzog, übersah allerdings, daß Safran sich unmittelbar vor den Ofen gelegt hatte, und fiel über das schlafende Tier. Mit einem Fluchtschrei erwachte Safran. Der Graf spürte einen stark stechenden Schmerz in der Wade: der Hund hatte ihn gebissen. Als Kriegsmann unterdrückte es Graf d'Evreux, nochmals zu schreien, vielmehr öffnete er – noch liegend – unverzüglich die Tür des Ofens, in deren nächster Nähe er zu liegen gekommen war.

Wildes Licht verwandelte den Raum zur unruhigen Szene. Der Wind stieß einige frühe Herbstblätter durch das Fenster wie verirrte fliegende Fische auf das Deck. Graf d'Evreux stand wieder auf. Mit voller Kraft der Stimme und sehr ärgerlich wiederholte er, was er vorhin geschrien:

»Wird denn niemand Licht bringen?«

Mit starken Kriegerarmen, ungeschwächt durch die tapfer verbissene Wunde in der Wade, hob der Graf den Erzherzog-Thronfolger auf und trug ihn langsam und vorsichtig zum schrecklich beleuchteten Sofa. Wie glühend erschien der ohnedies rötlich gemusterte Überzug im flakkernd goldenen Licht aus dem Ofenloch. Graf d'Evreux legte den Erzherzog in das Sofa und verscheuchte das Windspiel Safran, das vorhin schon begonnen hatte, seines Herrn Gesicht abzuschlekken, und jetzt auf das Sofa gesprungen war. Der Graf versetzte dem Hund einen Hieb mit der breiten Seite des Säbels, worauf der Hund eilig aus dem Sofa floh. Aufgerichtet, den Säbel wieder in die Scheide gesteckt, wartete der Graf, daß man Lichter brächte. Es rührte sich jedoch nichts, und die Erzherzogin im unteren Stock, die von allem offenbar nichts gehört hatte, begann ein neues Stück zu spielen, ein Stück mit zauberischem Anfang, das den Mond zu besingen scheint und seine Huldigung in den reinen Mund der sehnsüchtigen Meernymphen legt, wie sie in einer bewegten

Herbstnacht auf den Klippen sitzen und das von ihnen besungene Gestirn im Verein mit dem Schaum der Wogen bunte, nächtlich glänzende Perlen in das phosphoreszierende Haar der Sängerin flicht. Vielleicht hörte die Erzherzogin, da auch sie das Fenster geöffnet hatte, die wogenden Geräusche der Kastanien, und vielleicht hatte sie die Kerzen am Flügel ausgeblasen – sie mochte auswendig spielen –, um das Mondlicht zu genießen. So war sie angeregt worden, eben jenes zauberische Stück zu spielen, im wiegenden Takt, dem der Graf ergriffen zuhörte.

Da bewegte sich der Erzherzog.

»Kaiserliche Hoheit –?«

»Ist jemand außer mir im Zimmer?«

Der Graf lachte: »Ja, ich, Kaiserliche Hoheit, der Oberstleutnant d'Evreux.«

»d'Evreux... das viele Wasser hat das Feuer gelöscht, zum Glück...«

»Wie meinen Kaiserliche Hoheit?«

»Ich weiß nicht, wo ich bin. Wer sind Sie?«

»Graf d'Evreux, Oberstleu –«

»Ach so, d'Evreux, was gibt es?«

Der Graf wußte auf die Frage nichts zu antworten. Er versuchte, Verschiedenes gleichzeitig zu sagen.

»Der Rapport – in dem nichts vorgefallen – der Slibowitz –«

»Es muß doch etwas Wichtiges vorgefallen sein, wenn Sie in mein Schlafzimmer kommen, um mir –«

»Wir befinden uns nicht im Schlafzimmer Ihrer Kaiserlichen Hoheit, Kaiserliche Hoheit.«

»Wo dann?«

»Im Salon mit dem Slibowitz –«

»D'Evreux«, sagte der Erzherzog, »bitte zünden Sie einen Leuchter an.«

»Ich habe mehrfach nach Licht gerufen, aber es kommt niemand.«

»Sie müssen an der Schnur ziehen – neben der Credenz. Manche Schlösser haben schon das sogenannte elektrische Licht.«

»Ja«, sagte der Graf begeistert, »die Jablochkowsche Kerze.«

»Wenn Sie an der Schnur gezogen haben, wird ein Diener kommen. – Habe ich den Leuchter fallen lassen?«

»Gewiß, Kaiserliche Hoheit, gewiß, aber das will nichts sagen.«

»Der Leuchter ist auf den Boden gefallen?«

»Ja, soviel ich gesehen habe.«

»Und auf den Teppich, die brennenden Kerzen?«

»Auf den Teppich? Sicher.«

»So«, sagte der Erzherzog, »ich habe einen schrecklichen Traum gehabt: den Traum vom Weltuntergang. Der Weltuntergang muß fürchterlich sein –«

»Aber was, Kaiserliche Hoheit, bis zum Weltuntergang dauert es noch lang.«

»Mir hat geträumt, ich sei hinter einer Kathedrale gestanden, im gotischen Stil war sie erbaut, wie der Stephansdom – nein: mehr wie die Votivkirche. Es war mir unheimlich zu sehen, wie der Mond so schnell untergegangen ist, als würde er vom Himmel rollen und hinter den Häusern verschwinden, ungefähr hinter der Universität. Aber der Mond, als wäre er aus elastischer Masse, die auf etwas Hartes gefallen, ist wieder hoch in den Himmel hinaufgesprungen, um diesmal noch schneller hinunter zu rollen, aber wieder ist er hinaufgesprungen, und noch ein paarmal, bis ich nicht mehr darauf geachtet habe, weil es inzwischen begonnen hat –«

»Was hat begonnen, Kaiserliche Hoheit?«

Der Erzherzog hielt die Hände vor das Gesicht, was aber der Oberstleutnant nicht sehen konnte. Die Stimme des jungen Fürsten erschien jetzt wie gedämpft. Es darf zugleich erinnert werden, daß beständig durch das Fenster aus den Räumen des unteren Stockes das Spiel der Erzherzogin zu hören war, die den leidenschaftlichen, sehnsüchtigen und bewegenden Lobestanz der Meernymphen für den Mond auf dem Klaviere spielte.

»– gerade noch habe ich ein schmiedeeisernes Wirtshausschild gesehen, das trotz seines schweren Gewichtes hin und her geschlagen hat wie ein Lappen, und entsetzlich hat es nach Bränden gerochen.«

»Das kommt gewiß vom versengten Teppich, Kaiserliche Hoheit.«

»Das beruhigt mich, d'Evreux. Aber: wo ist mein Hund Safran?«

»Ihr Hund Safran ist in den Garten gelaufen, wahrscheinlich.«

»In den Garten, d'Evreux, wieso denn in den Garten?«

»Naja, Kaiserliche Hoheit, weil es ihm halt in dem Garten gefallen wird.«

»Safran, Safran –« versuchte der Erzherzog zu rufen, aber seine Stimme war völlig heiser. »Ich muß mich verkühlt haben. – D'Evreux, folgen Sie mir jetzt bitte in den Garten.«

»Gewiß, Kaiserliche Hoheit, ich wüßte nicht, was ich lieber täte, als Ihnen in den Garten zu folgen.«

»Rufen Sie statt meiner ein- oder zweimal ›Safran‹, bitte ich sehr, daß der Hund kommt.«

»Beatrix – Beatrix –«, rief der Oberstleutnant und entfernte sich schnell gegen das Schloß zu. Er trug das karierte Plaid und schwenkte es wie eine Fahne: »Beatrix – Beatrix –«

»Er soll doch nicht meine Frau rufen, sondern den Hund Safran, und vor allem soll er mich doch nicht hier allein im Garten lassen, wo ich heute schon den dritten Anfall gehabt habe...«, dachte der Erzherzog und wandte sich ebenfalls wieder dem Schloß zu, bewegte sich aber nur langsam von der Stelle.

Das Schloß lag im Dunkeln. Es ragte wie phosphoreszierend, das aufgespeicherte Licht des Tages ausstrahlend über den kunstvollen Anlagen des gestuften Parkes, und spiegelte sich inmitten der leichten Wellenreflexe des Mondlichtes im großen Teich, auf dem untertags die Schwäne zogen, jetzt aber nur verlorene, frühe herbstliche Blätter schwammen, einzeln oder verliebt wie ein bizarres Floß. Die Fenster im oberen Stock des Eckpavillons waren erleuchtet und zwei Fenster im unteren Stock: dort war das Musikzimmer der Erzherzogin. Von fern her konnte man ihr Spiel seltsamerweise noch deutlich vernehmen.

»Chopin –« dachte der Erzherzog, »der meeresgleiche Walzer in a-moll. Wie oft habe ich ihr die Noten für dieses Stück umgeblättert.«

»Opus vierunddreißig, Nummero zwei«, rief der Oberstleutnant noch im Rennen, schwang das Plaid und war dann verschwunden.

»Er sollte doch Safran suchen, das Windspiel, und jetzt kann ich es selber machen. Bin neugierig, wann ich es find'.« Immer wieder sagte sich der Erzherzog diesen Satz vor, denn es war ihm äußerst unangenehm, seinen Hund im nächtlichen Park suchen zu müssen.

»Es ist zu dumm, daß ich vorhin den Leuchter habe fallen lassen, so daß ich jetzt kein Licht habe außer dem Mond, der zwar zauberisch aus dem Kiesweg eine Straße von Edelsteinen macht, aber aus den Hecken, die der Wind bewegt, eine Schar von murmelnden Kriegern, die sich unschlüssig sind, ob sie über den Eindringling in den Park herfallen sollen oder nicht. – Aus meinem Windspiel wird das unpräzise und launische Schatten werfende Mondlicht vielleicht eine steinerne Verzierung am Sockel einer der Marmorfiguren gemeißelt haben – und ich gehe an ihm vorbei, ohne daß ich es sehe.«

Die Erzherzogin – aus der Ferne zu hören – war an die kurze, schwermütige Dur-Stelle gekommen und an den darauffolgenden Lauf, der zeigt, wie die Nymphen, die vorher auf den Klippen gesessen, jetzt in die ruhigeren Tiefen tauchen und in merkwürdiger Bahn den Kristallfischen und Korallen nachjagen. Ein kurzer Windstoß wehte vor dem Erzherzog plötzlich eine Reihe von welken Blättern vom Kiesweg auf, und wie die Knoten eines unsichtbaren Zaubernetzes drehten sie sich in einer schnellen Spirale um den nächtlichen Besucher des Parkes.

»Was mag in den Grafen d'Evreux gefahren sein, daß er auf einmal davongelaufen ist«, sagte der Erzherzog zu sich selber. Er sagte es halblaut, weil er Angst hatte.

»Wie bitte, Kaiserliche Hoheit?« fragte die Stimme des Oberstleutnants.

»Wer hat hier gesprochen?« Der Erzherzog drehte sich um und wieder nach vorn. Er hatte sich inzwischen weit vom Schloß entfernt, obwohl er eigentlich die Richtung darauf zu genommen hatte, aber das Mondlicht verwandelt auch die Entfernungen und Richtungen, verlängert und verbiegt sie nach seinem Belieben.

»Ich! Ich habe gesprochen, lieber Joseph.«

Wieder drehte sich der Erzherzog um, wie von selbst, als er eine zwar tiefe, aber ohne Zweifel weibliche und wohlklingende Stimme vernahm.

»Wer hat da geredet?«

»Ich – und ich habe auch Deinen Adjutanten weggeschickt, daß wir allein sind…«

»O Gott«, dachte sich der Erzherzog, »es wird doch nicht die Figur sein aus Marmor, die zu mir spricht«, und er sagte laut: »Sie dort oben, verehrte Göttin?«

»Gewiß doch, mein Junge.«

»Sie haben mich erschreckt.«

Die Statue stieg vom Sockel. Sie war größer als der Erzherzog, eine jugendliche Schönheit von unübersehbar fülligen, reifen Formen, wie es die Art der alten Götter war. Die Marmorgöttin war völlig ungeniert, aber der Erzherzog war so geniert, daß er nicht wußte, wohin er schauen sollte. Ein paar Schatten von Blättern warf das Mondlicht auf den Leib der Diane-Tochter wie schwarze Blüten, aber das war noch keine rechte Bekleidung. Der Erzherzog entschloß sich, die unverfängliche Stirn der Göttin zu fixieren.

»Nun, mein Junge, du kommst zu mir in den Park?«

»O erhabene Göttin – wie soll ich Sie anreden – verehrte Frau, Sie erschrecken mich. Nein, ich bin nicht zu Ihnen in den Park gekommen, sondern um mein entlaufenes Windspiel zu suchen.«

»Wie schad, wie schad – längst hätte ich es mir gewünscht, daß du in einer Nacht den Weg gehst, den ich dich am Tag so oft spazieren sehe – mit deinem Windspiel Safran oder mit deiner Frau, der lieben Beatrix. Aber der Tag ist nicht in meiner Macht, nur in der Nacht führe ich das Regiment –«

Der Erzherzog bemerkte die leise Familiarität, mit der die olympische Hoheit von der – nur? – kaiserlich und königlichen Hoheit, der Erzherzogin-Thronfolgerin als schlichte »Beatrix« sprach.

Etikette-Fragen von unerhörter Beispiellosigkeit gingen einen Augenblick lang durch den Kopf des Erzherzogs. Die Göttin schien auch da ungeniert.

»Überhaupt dein Hund«, sagte sie. »Deine Hunde. Passen überhaupt nicht zu dir. Du solltest dir eine Katze halten. Eine schöne graue Katze. Stahlgrau. Einen Hund hält sich nur ein potentieller Massenmörder.«

»Aber Gnädige Frau«, sagte Joseph Ferdinand, »eine Katze – für einen Erzherzog, der auf die Jagd gehen muß?«

»Gehst du gern auf die Jagd?«

»Ich weiß nicht«, sagte Joseph Ferdinand und senkte den Kopf.

»Du hast nur noch nie darüber nachgedacht, daß du eigentlich nur ungern diesen Blödsinn mitmachst. Nur, weil dein Onkel, der Kaiser, schon zwanzigtausend Rehe umgebracht hat, die ihm nichts getan haben.«

»Ich weiß nicht«, sagte der Erzherzog.

»Also ich«, sagte die Statue, »halte zu deinen Rehen. Und den Kaiser, den Amthalter, mag ich eh' nicht. Eine Katze sollst du dir anschaffen.«

Der Erzherzog senkte wieder den Kopf. Sein

Blick streifte dabei den weitvorspringenden Marmorbusen. Die Marmorhand der Göttin berührte leicht des Erzherzogs Schulter:

»Setzen wir uns her, mein Junge. Mein kleiner Sohn bewacht uns.«

»Ihr Sohn?« Der Erzherzog hob die Augen, tatsächlich stand ein steinerner Cupido, die Arme müd auf den Bogen gestützt, über der runden Laube auf dem schmalen Sockel.

»Mein Sohn Cupido – auf! auf! mein Sohn«, rief sie, »auch dein Revier ist die Nacht, schlage deine Flügel auf und schütte die Pfeile in deinen Köcher –« wirklich regte sich der Cupido, aber er flog nicht davon. Er schien von seinem Tagestraum nicht zurückkehren zu können, und im halben Schlaf stöhnte er sehnsüchtig.

»Ein lieber Bursche, er träumt von Psyche, wo er sich selbst verwundet hat«, die Göttin lachte. »Ich wende mich wieder dir zu, mein Joseph. Längst habe ich mir ausgemalt, wie wir uns eine gemütliche Stunde machen würden; und hättest du nicht dauernd den Blick zu Boden gesenkt, hättest du meine unzähligen Winke nicht mißverstehen können.«

Der Erzherzog lehnte sich zurück und senkte auch jetzt den Blick. »Was ist dir, mein Junge, warum bist du traurig?«

»Sie haben mich, Gnädigste, auf die unglücklichste Weise verwundet –«

»Wer kann in meinem Regiment Glück und Unglück genau trennen: bald ist alles Unglück, das ich bringe, Glück; und das Glück, das von mir kommt, ist nur zu oft für die Menschen pures Verderben, weil sie es nicht verstehen. Verstünden sie es aber, wäre es erst recht ihr Verderben, oder es wäre jedenfalls nicht ihr Glück, was selbstverständlich ihr Unglück wäre, und eine vielleicht noch schlimmere Art Verderben. Nein, mein lieber Junge, ich verteile nicht Glück oder Unglück, ich verteile lediglich mehr oder weniger glückliche Arten von Katastrophen. – Mein Sohn Cupido, fliegst du noch nicht? Die Nacht ist längst gekommen, und du fliegst noch nicht?«

Cupido rieb sein lockiges Haar an der Beuge seines hellen Armes, und wieder stöhnte er, schmerzlich und sehnsuchtsvoll. »Wie hat Ihr Sohn mich getroffen, an einer Stelle, an der er mich nie hätte treffen dürfen! O Gnädigste, Ihr habt mir eine der unseligsten Arten des Verderbens ausgesucht.«

»Abgesehen davon, daß auch die unseligsten Arten des Verderbens zugleich die seligsten sein können, suche ich niemandem die seine aus: Wahllos verschießt Cupido seine Pfeile – mitunter trifft er sogar seine Mutter.«

Die meerschaum-geborene Göttin breitete ihre marmornen Arme aus. Die Mondblüten, mit denen sie einzig bekleidet war, begannen sich aufzulösen, und es schien, als leuchte der Mond nur mehr auf die nächtliche Erscheinung der wunderbaren Frau. Der Marmor leuchtete von innen.

»Pflücke die letzten schwarzen Blüten von meinem Leib, ehe sie von selbst vergehen, lieber Joseph, und lasse mich dafür deine Tränen trocknen und sie vergessen machen.«

»O könntet Ihr es doch«, sagte der Erzherzog und hob jetzt seinen Blick, ungeachtet der Tränen, in die Höhe:

»*Brich aus in lautes Klagen, / Du düstres Martyrerlied, / Das ich so lang getragen / Im flammenden Gemüt!*«

»Hören Sie, teure Göttin, das Spiel, das durch den Park zu uns her dringt...« Die Erzherzogin im fernen Schloß war an die schmerzlichste Stelle des Stückes gekommen, wo es nach der Ausgangs-Tonart zurückgeht, und wo das Thema des vergangenen Teiles – die Nymphen hatten nach Perlen gefischt – in Moll wiederkehrte: unter Korallen und Muscheln haben die Meerestöchter die Leiche eines ertrunkenen Jünglings gefunden und tragen ihn in trauriger Prozession hinauf zum Strand: piano und molto expressivo. Seltsam deutlich klang das Klavierspiel vom Schloß herüber.

»Hören Sie wie sie singt –«

»Du bist ein Dichter, lieber Joseph Ferdinand, wie herrlich, wie herrlich –«

»Ich wäre vielleicht ein Dichter, wenn ich nicht ein Prinz wäre, und die Verse, die ich zitiert habe, sind notabene auch nicht von mir.«

»Einerlei – sieh meine ausgebreiteten Arme – Cupido, flieg endlich fort und störe uns nicht länger, wo du uns doch schon verwundet hast.«

»Verzeiht mir, Gnädigste, steigt bitte wieder hinauf auf Euren Sockel –«

»O Joseph Ferdinand!« begann die Göttin mit leiser Stimme: »Geliebter, komm! Sieh dort die Grotte, von moosigen Düften mild durchwallt.«

»O Göttin, es sind schlechte Verse, die Ihr zitiert – und hört, welch andere Musik zu uns herüber tönt. – Ich kann Euch nicht in die Grotte folgen, ich kann es nicht.«

»Was frage ich nach Legitimität, mein Junge? Nimm nicht, was dir zusteht, nimm, was dir zufällt. – Singe mir eines deiner eigenen Lieder.«

»Vergiftet sind meine Lieder – / Wie könnte es anders sein? / Du hast mir ja Gift gegossen / Ins blühende Leben hinein.«

Jetzt spreizte Cupido die Flügel. Er schwang sich über die Kronen der Ahornbäume hinauf; im nächsten Augenblick war er verschwunden. Im selben Moment rauschten die E-Dur-Arpeggien von der linken Hand der Erzherzogin: zweimal hinauf und hinunter, und endlich in den sanften Anfang des Stückes zurückführend, sich auflösend in die ätherische Tonart, in der es begonnen. Die Nymphen haben den ertrunkenen Jüngling auf das Ufer gelegt, und, zurückgekehrt auf ihre Klippen, besingen sie für kurze Zeit noch den untergehenden Mond; sein Untergang wird auch der ihre sein, sie leben nur für eine Nacht. –

»Wirkliches Gift haben Sie in mein vorher blühendes Leben gegossen –«

»Wer ist es denn, die du liebst –« sie legte ihre

Arme, von denen die letzten Mondblüten gefallen, um die Schultern des Erzherzogs.

»Ach, ich kann nicht –« Die Erzherzogin spielte drüben den letzten, verzichtenden Seufzer des Stückes.

Der Erzherzog beugte sich langsam an den marmornen Busen der Göttin, halb murmelnd, halb sogar die Verse nur denkend, zitierte er noch einmal:

»An deine schneeweiße Schulter / Hab' ich mein Haupt gelehnt, / Und heimlich kann ich behorchen – / Wonach dein Herz sich sehnt . . .«

Erzherzog Joseph Ferdinand, der kranke Thronfolger des Reiches, pflückte die letzte schwarze Blüte mit zitternder Hand von dem Busen der Göttin.

Leise waren die Töne des Walzers in den Park hinaus verklungen und mochten zuletzt nur noch an die schlafenden Schwäne gelangt sein, in deren Gesängen sie wiederkehren würden zur gegebenen Stunde; der Erzherzog hatte die Töne nicht mehr gehört.

»Sie waren längst gestorben, / Und wußten es selber kaum.«
zitierte sie leise und mit königlichem Lächeln ihres etwas übertrieben-preziösen barocken Mundes, mit dem sie sich jetzt anschickte, den Erzherzog zu küssen.

»Beatrix!« schrie der Erzherzog auf. Die Erzherzogin saß auf der Bank mit geschlossenen Augen, leicht geöffnetem Mund, als erwarte sie einen Kuß; war allerdings bekleidet. Ein blaues Kleid mit weißen Spitzen. Noch nie hatte Joseph Ferdinand seine Frau nackt gesehen. »Beatrix –!« Der Erzherzog spürte den vierten Anfall kommen. Der Hund Safran winselte.

»Was ist Ihnen, Kaiserliche Hoheit?« Oberstleutnant d'Evreux stand vor dem Sofa, in dem der Erzherzog gebettet lag. Das Zimmer war hell erleuchtet. Schleimgruber, der Kammerdiener, trug eben noch einen Leuchter herein.

»Sie haben mich *doch* gefunden?«

»Gewiß habe ich Sie gefunden, Sie lagen zwar in der Dunkelheit, aber als Schleimgruber mit den Leuchtern kam – Sie lagen gleich vor mir –«

»Vor Ihnen?« Der Erzherzog setzte sich auf und stellte beide Füße mit einem Schwung auf den Boden.

»Vor wem sonst, Kaiserliche Hoheit?«

»Sie waren auch im Park?«

»Im Park? Nein, hier im Zimmer.«

»Nicht im Park? So. Aha. Wo ist Safran?«

Das Windspiel hörte seinen Namen und hob seinen Kopf, weil es meinte, es gäbe was zu fressen.

»Safran«, sagte der Erzherzog, »ich bin so müde, Herr Oberstleutnant. Wu-wu... Ich denke, Schleimgruber soll mich auskleiden; ich werde mich ins Bett legen. Sie können gehen, d'Evreux. Es ist wirklich sehr zu bedauern, daß ich Ihnen heute solche Umständ gemacht hab...«

»Ich bitte aber, Kaiserliche Hoheit...«

Oberstleutnant Graf d'Evreux nahm Helm und Säbel vom Tisch, er schlug – der Erzherzog hatte es kommen sehen – mit besonderer, ehrfürchtiger Heftigkeit die gespornten Absätze gegen das Parkett.

Nachdem der Oberstleutnant Haltung angenommen, sich als Adjutant verabschiedet hatte, legte er die Haltung wieder ab und verabschiedete sich sozusagen privatim, indem er seinen Säbel quer vor sich mit beiden Händen nahm und sich verbeugte.

»Ich hatte die Ehre, d'Evreux«, sagte der Erzherzog, »morgen dann, nicht wahr?«

Als der Offizier gegangen war, trat Erzherzog Joseph Ferdinand, der kranke Thronerbe des unübersehbaren Reiches, an das Fenster, um es zu schließen. Die Erzherzogin hatte aufgehört, Klavier zu spielen. Der Wind hatte sich gelegt und rührte die natürliche Wetterharfe der Ahornbäume im Park nicht mehr. Naheliegende Gedanken beschäftigten den Erzherzog, als der Kammerdiener Schleimgruber eintrat, um den Befehl seines Herrn, ihn auszukleiden, abzuwarten.

2

Die Erzherzogin trat ins Zimmer.

»Sie, Beatrix?« Der Erzherzog hatte noch nicht geschlafen. Gern hätte der Erzherzog seiner Frau ein Kompliment über ihr wundervolles Spiel gemacht, das so rein über den Park hingeklungen; aber da erinnerte er sich an alles andere, was im Park vorgefallen war, und er wagte nicht, weiter die Erzherzogin anzureden.

Sie stand unter der Tür, offenbar verwirrt durch die plötzliche Dunkelheit nach dem hellen Vorraum.

Beatrix Antonia Bathilda – schon vor ihrer Verehelichung war sie eine Erzherzogin gewesen, aus einer Seitenlinie, im vierten, fünften Grad mit dem Erzherzog verwandt – es hatte gerade keiner päpstlichen Dispens mehr bedurft, um die Ehe schließen zu können. Der Zweig des Hauses, dem die Erzherzogin entstammte, hatte früher eines der oberitalienischen Fürstentümer regiert, die im vergangenen Jahrhundert – damals gerechnet, also im achtzehnten – als Secundo- und Tertiogenituren an das Kaiserhaus gefallen waren. Aber die Revolution, das Risorgimento, hatte den Fürsten vertrieben, und so war der Vater der Erzherzogin ein ewiger Kronprinz geblieben, der auf salzburgischen Gütern von seinem Vermögen lebte und seiner Tochter nichts zu vererben hatte als einen trotzig weitergeführten Titel. Früh, kurz nach der Geburt der Tochter, war dem alten Kronprinzen, quasi zur Entschädigung, die ehrende Verbindung mit der regierenden Linie versprochen worden. Die Erzherzogin, anfangs ein häßliches Kind, entwickelte sich, ohne daß es bemerkt wurde, zu einer, wie es dem Stande entsprach, fürstlichen, aber auch, wie es dem Stande nicht immer entsprechen mußte, zu einer sehr schönen Frau von vielfältigen Gaben und Neigungen.

Von dem hervorragenden Talent zum Klavierspiel hat man schon gehört. Aber ein Mädchen war sie nie gewesen. Es vereinbarte sich das Diminutiv, aus dem dieses Wort gebildet ist, nicht mit dem Adjektiv »fürstlich«, das der jungen Erzherzogin Beatrix im doppelten Sinn angeboren war. Es vereinbart sich das besagte Diminutiv aber vor allem nicht mit dem unbeugsamen Stolz der jungen Fürstin, einem Erbe von spanischer Seite her vielleicht, vielleicht auch vom trotzig vergrämten Vater, dem ewigen Kronprinzen, der übrigens zuletzt – es wurde verhindert, daß es sich herumspräche – in einigen merkwürdigen, kränkelnden Umständen auf seinen Gütern regierte, als sei er ein unabhängiger Fürst geblieben. Dazu kam eine vage Nachricht von Experimenten halb-wissenschaftlicher Natur in nächtlichen Türmen... Astrologie und Handlesekunst... man erinnere sich an den entfernten Renaissance-Ohm, den Kaiser Rudolphus Secundus, der am Hradschin ähnliches getrieben. – Als die Erzherzogin Beatrix im Alter von achtzehn Jahren an der Seite ihres Brautführers, des Erzherzogs Rainer, in der Augustiner-Kirche vor den Kardinal geführt wurde, um in ausgewählt feierlicher Zeremonie dem jungen Erzherzog Joseph Ferdinand Marcellin angetraut zu werden, hatte sie den Gipfel von Stolz und Schönheit erreicht, wie selten eine bürgerliche, kaum jemals eine hochgestellte Braut. Aber niemand bemerkte es, so wenig wie man es bemerkt hätte, wenn sie bucklig und krankhaft gewesen wäre, und selbstverständlich hätte niemand daran gedacht, Rücksicht darauf zu nehmen.

Allerdings hatte man zu der Zeit, als die junge Fürstin an den Erzherzog Joseph Ferdinand verlobt worden war, noch nicht geahnt, daß sie einmal die Gattin des Thronfolgers, also voraussichtlich Kaiserin des unglaublichen Reiches werden sollte, da – abgesehen davon, daß der Kronprinz als gesundes Kind lebte – der Kaiser in Rüstigkeit und die Kaiserin durchaus noch im gebärfähigen Alter stand. Aber nach den bedauerlichen Vorfällen in Mayerling, von denen alle Welt weiß, aber eigentlich nichts weiß, stand die junge Erzherzogin aus der fernen Seitenlinie über Nacht vor der Tatsache, dereinst das schwierige Zepter über das mächtige Reich führen helfen zu müssen, sofern man bei einer konstitutionellen Monarchie von so etwas sprechen kann. Abgesehen davon: es hätte sich um mindestens drei verschiedene Zepter gehandelt, die in Wien, Budapest und Prag in Museen hinter Panzerglas lagen, und das Schwingen des Zepters beschränkte sich schon für den regierenden Kaiser darin, daß er die betreffenden Museen auch außerhalb der allgemeinen Öffnungszeiten besuchen durfte.

Verschiedene Hofmarschälle und vor allem Tanten und Großtanten – Erzherzogin Elisabeth Juliana, die letzte gebürtige Prinzessin von Lothringen-St. Paul und, seit verwitwet, Äbtissin des Stiftes Maria Schnürschuh zu Brünn, sowie Großherzogin Aloysia Tobia von Würzburg, Erb-Kanarienbewahrerin der Heiligen Stephans-Krone und verschiedene andere Damen aus fast schon abgestorbenen Zweigen des erlauchten Stammbaumes, eine von ihnen hatte erst jüngst erfahren, daß ihre Cousine Maria Antoinette geköpft worden war, und stiftete sofort eine Messe, daß sie seinerzeit ein (allerdings nie ernsthaft erfolgtes) Heiratsangebot des französischen Hofes auszuschlagen gewillt gewesen war – hatten geunkt, daß die junge und so unstandesgemäß schöne Erzherzogin sich einer rein dynastischen Eheschließung widersetzen werde. Es gab ja – dem Himmel sei's geklagt – genug solcher Beispiele an Widersetzlichkeit, die dann sowohl in ernsthafter Literatur als auch in der Operette vielfach (wenngleich verschlüsselt) behandelt wurden. Erst unlängst war die oben erwähnte Erzherzogin Elisabeth Juliana in der Hofloge in Ohnmacht gefallen, als in dem Singspiel ›Der Leberfleck‹ ein fiktiver Prinz Theobald – aber jeder wußte, wer gemeint war – sich weigerte, Erzbischof von Vorarlberg zu werden und stattdessen mit dem Fahrrad (!) auf den Semmering fuhr und dort eine Köchin heiratete, worauf der Kaiser, der Oheim des Prinzen Theobald, das Couplet sang:

»Der Aff', der ist behaart, / Und mir bleibt nix erspart, / Das, Leutl'n, das is' hart.«

Dem Komponisten des Machwerks, Wenzel Constantin Wagner (nicht zu verwechseln mit Richard, dem untadeligen Verfasser der äthiopischen Nationalhymne), wurde sofort die Konzession als Hofharfenist entzogen, aber das half auch nichts mehr, das Lied wurde ein Schlager, sogar in besseren Schichten, die es allerdings ohne Text vortrugen, also summten oder pfiffen.

Aber nichts von allem bei Erzherzogin Beatrix. Weder verfaßte sie revolutionäre Gedichte, noch küßte sie bürgerliche Leutnants oder ritt im Herrensattel. Obwohl für die Künste aufgeschlossen und gelegentlich liberale Lektüre lesend, duldete sie nicht einmal, daß ihr Baroninnen aus den ungeraden Gotha-Jahrgängen die Hand küßten. Den Erzherzog-Thronfolger heiratete sie auf Geheiß ihres Vaters ohne jedes Maulen; man war allerdings nicht mehr in jenen patriarchalisch-barbarischen Zeiten, wo eine fürstliche Braut den Bräutigam vor der Ehe nicht zu Gesicht bekam. Beatrix kannte Joseph Ferdinand. Sie wußte, daß er nicht bucklig war oder trank. Sie kannte seine Vorliebe für ernsthafte

Musik und freute sich, daß er jenes Couplet nicht aus dynastischen, sondern aus ästhetischen Gründen ablehnte.

Die Tanten und Hofmarschälle schüttelten die Köpfe. Fast hätte man meinen können, es wäre ihnen lieber gewesen, die so unverschämt schöne und nahezu gesetzwidrig gescheite junge Person wäre mit einem enterbten Holzhändlersohn durchgebrannt, nur damit sie recht mit ihren düsteren Prophezeiungen gehabt hätten. Nichts davon. Beatrix heiratete, stolz, schön und fürstlich, den Thronfolger. Der Stolz vermählte sich hier in ihr mit der Fürstlichkeit, ausnahmsweise, und sie meinte vielleicht, daß Fürstlichkeit mit Schönheit gepaart sein müsse, was sonst allerdings bei den europäischen Herrscherhäusern seit den Zeiten der Karolinger nicht mehr galt.

Von der Krankheit des Erzherzogs wußte die Erzherzogin nichts. Bis jetzt hatte er es vermocht, seine Anfälle vor ihr zu verbergen. Auch heute war ihr, da sie so hingebend Klavier gespielt, nichts aufgefallen.

»Ich wundre mich«, sagte sie, nachdem sie sich an die Dunkelheit gewöhnt hatte und den Erzherzog im Bette aufgerichtet sah, »daß Sie schon schlafen und daß Sie vergessen haben, was Sie mir unlängst versprochen haben.«

»O – ich werde es mir nie verzeihen –«

»Sie erinnern sich?« Die Erzherzogin beugte sich, halb kniend, zum Bett nieder, daß sich ihr Rock bauschte.

»Gewiß; selbstredend« – der Erzherzog erinnerte sich an nichts, »ich werde sofort alles veranlassen... gewiß –« er griff nach dem bestickten Zug der Klingel. Da bemerkte er, daß die Erzherzogin ein fürstlich tief décolletiertes, weißes Abendkleid trug und für ein Fest frisiert war. »Gewiß, gewiß – ich werde sofort Schleimgruber rufen, daß er mich wieder anzieht.«

»Den Wagen haben Sie, wie ich vermute, ebenfalls noch nicht anspannen lassen –« die Erzherzogin erhob sich wieder.

»...Ich...« sagte der Erzherzog.

»Natürlich haben Sie nicht daran gedacht, Lieber, wenn Sie ja überhaupt nicht mehr daran gedacht haben –, aber wir werden noch rechtzeitig da sein.«

Schleimgruber trat in das Cabinett.

»Schleimgruber, Sie müssen mich wieder anziehen, schnell –«

Der Erzherzog unterbrach sich und schaute seiner Frau nach, wie sie aus dem dunklen Schlaf-Cabinett in das hell erleuchtete Nebenzimmer trat. Sie trug ein Diadem in dem mächtigen, und dabei echten, braunen Haar, das ohne Toupet zu einem glatten, gleichmäßigen, eleganten Kranz um das Haupt hinauf frisiert war.

»– die Paradeuniform.«

»Jawoi«, sagte Schleimgruber.

»– und die Orden.«

»Auch jawoi, Kaiserliche Hoheit. Und was für a Windspüh?«

»Welchen Hund? Safran? Nein«, sagte der Erzherzog für sich halblaut, während Schleimgruber dem jungen Fürsten das stählerne medizinische Korsett anlegte. »Nein, Safran wird müde sein, er hat sich ja im Garten verlaufen, und so. Clara? Ich nehme Clara mit, wenn ich es mir nicht anders überlege. – Ziehen Sie fest zu, Schleimgruber, ich fühle mich heute nicht gut, noch fester…«

Erzherzog Joseph Ferdinand überlegte es sich nicht anders, und Clara, das Windspielweibchen, begleitete ihn. Es stank. Dem Erzherzog fiel der Geruch zum ersten Mal in seinem Leben auf. Es lief neben ihm her, wie er in seinem weißen Uniformrock, saftgrünen Kragen und Manschetten, schwarzen Hosen, den Helm mit den vielen irisierenden Hahnenfedern unterm Arm, dekoriert mit den bunten Bändern der höchsten Orden der Monarchie als: mit dem Orden vom Goldenen Vliese, mit dem Militär-Theresien- sowie dem Elisabeth-Theresien-Militär-Orden, mit dem Franz-Josephs- und dem Leopolds-Orden, mit dem Orden der Eisernen Krone und mit dem ungarischen Sanct-Stephans-Orden, ungezählt dazu die ausländischen, deren schmuckester der mecklenburgische Greifenorden an dem hochgelben Bande mit der roten Einfassung war, wie Joseph Ferdinand so die Treppe hinabstieg. Das Windspiel sprang dann in den Wagen voraus, in dem die Erzherzogin bereits wartete.

Den Befehl, wohin es gehen sollte, hatte der

Kutscher offenbar schon vorher erhalten, denn als der Erzherzog sich gesetzt hatte, fuhr er los.

»Ich habe angeschafft, daß eilig gefahren wird, sonst kommen wir doch womöglich zu spät.«

»Ganz gewiß; Sie freuen sich schon?«

»Sehr, lieber Freund.«

Der Erzherzog lehnte sich zurück und streichelte das Windspiel Clara. Es stank.

Der Wagen bog aus dem schmiedeeisernen Tor in die nächtliche Straße hinaus.

»Der Bruckner schläft schon«, sagte die Erzherzogin und deutete mit dem Fächer auf das langgezogene, niedrige Parkgebäude, den Kustodentrakt, in dem kein Licht mehr brannte.

»Ja, er schläft wohl schon.«

Der Wagen nahm die Richtung zur Stadt.

»Hätten Sie nicht doch lieber weitergeschlafen?«

»Aber meine Liebe, wenn ich Ihnen eine Freude versprochen habe...«

»Sie selbst hätten aber nicht mehr daran gedacht?«

Die Erzherzogin lachte.

»Nein, so leid es mir wirklich tut –« er erinnerte sich an nichts und ließ es endlich sein, darüber nachzudenken; er würde früh genug das Ziel der Fahrt erfahren.

»Es ist lange her, lieber Freund, daß wir nicht mitsammen... schauen Sie«, rief die Erzherzogin plötzlich und deutete in die Luft: »Eine Dohle, inmitten eines Kreisels von verwehten Blättern...

im Mondlicht sieht sie aus wie Amor mit seinem Netz.«

»Wirklich«, sagte der Erzherzog.

Man war an die Oper gekommen. Schon an der Stelle, wo der Wagen in den Ring einbog, war dem Erzherzog doch noch eingefallen, was er vor Tagen der Erzherzogin versprochen hatte: den letzten Akt der oder jener Oper an diesem Abend zu besuchen. Darauf, welches Werk gegeben werden sollte, konnte er sich noch nicht besinnen: ›Martha‹? oder ein modernes Werk, die ›Königin von Saba‹ vielleicht, von Goldmark, oder der ›Boris Godunow‹, von dem seit einiger Zeit so viel die Rede war? Dem Erzherzog fiel es nicht ein.

Die sogenannten Türlschnapper in ihrer kaffeebraunen Uniform nahmen nahezu militärische Haltung ein, als die Kaiserlichen Hoheiten vorfuhren. Der Schlag wurde geöffnet, und als erstes lief das Windspiel Clara durch das Spalier der Logendiener hinein in das hell erleuchtete Gebäude.

Eine zarte Oboenmelodie, bald begleitet von zwei Clarinetten und einer weiteren Oboe, klang durch das Haus.

»Ich kenne diese Melodie«, dachte der Erzherzog, und noch ehe er mit der Erzherzogin die Hofloge erreicht hatte, mit dem Beginn des etwas larmoyanten Cellosolo, wußte es der Erzherzog, wohinein er geraten war; und als er neben seiner Gemahlin – das Windspiel legte sich auf seine Füße – in der Loge Platz genommen hatte, sah er den berühmten Sänger Ferdinand Baswaldt im mittelalterlichen Minnekleid, eine Harfe in der Hand, auf der Bühne stehen, Herr Baswaldt war nach dem k. u. k. Theaterschematismus der zweitdickste Bariton der cisleithanischen Reichshälfte. (Der dickste war Herr Adalbert Röseler am Theater in Tetschen-Bodenbach.)

»Wohl wußt' ich hier sie im Gebet zu finden«, sang Herr Baswaldt und begann dann auch, auf seiner Harfe zu spielen. Ein Pilgerchor erschien, und auch die Landgräfin von Thüringen. Verhallend zuletzt erklang das Lied der bärtigen Choristen, die ihre Wanderstäbe zu dem sächsisch gefärbten Text (»Nun laß ich ruh'n den Wanderstab, weil Gott getreu ich gepilgert hab'«) bald drohlich schwangen, bald sanft auf den Boden legten und sich daneben knieten. Beim letzten »Beglückt darf nun dich, oh Heimat ich schauen«, küßten einige der Pilger die thüringische Erde; ein beglückender Regieeinfall.

Alsdann – wie aber jeder weiß – begab es sich, daß die Landgräfin im bläulichen Nebel gegen die Wartburg hin verschwand, nachdem sie teils stumm, teils laut gebetet, und der zurückgebliebene Sänger, Herr Baswaldt, schlug wiederum die Harfe und besang den Hesperus, den Planeten am westlichen Abendhimmel, indem er ihm Grüße auftrug an die eben vorher verschwundene Landgräfin, in der Meinung, sie müsse auf dem Weg zum Himmel an dem besungenen Stern vorüberkommen:

»...grüße sie, wenn dir vorbei sie zieht, wenn sie entschwebt dem Tal der Erden, ein sel'ger Engel dort zu werden...«

Und wirklich, die aufgetragenen Grüße waren nicht verfrüht, wurde doch die eben noch so rüstig singende und betende Landgräfin im selben Akt als Erblichene vom Pilgerchor im Sarg über die Bühne getragen. Ein überraschender Tod mußte sie dahingerafft haben. Ein Verbrechen? Oder ein grausiger Unfall?

Allerdings konnte der Erzherzog Ferdinand diese Szene nicht mehr miterleben, denn zuvor kommt bekanntlich eine andere, in der ein einzelner, unterwegs steckengebliebener, etwas fußmaroder Pilger – der Titelheld der Oper – mit matter Stimme auftritt (»Ich hörte Harfenschlag...«) und seinem ehemaligen Freund und Nebenbuhler, dem erwähnten Herrn Baswaldt, auseinandersetzt, was er an Mißgeschicken in der ewigen Stadt erlitten, und ihn von den Plänen unterrichtet, die seine Zukunft betreffen: »Zu dir, Frau Venus, kehr' ich wieder, in deinen Zauber holde Nacht...«

Vergeblich versucht Herr Baswaldt, den – wie man sagen muß: mit Recht – erbitterten Titelhelden zurückzuhalten, aber der scheint restlos verloren zu sein, als, wie es im Text heißt, die Nebel beginnen, in rosiger Dämmerung zu erglühen. Der Auftritt der gerufenen Frau Venus kündigte sich an. Der Erzherzog hatte dieses Werk nicht oft gehört. Er hätte nur mehr grob wiedergeben können, was darin vorkommt. Aber an diese eine Stelle, an den Auftritt der Frau Venus und an das folgende Terzett konnte er sich wohl, das heißt: übel erinnern. Durchaus nicht hochmusikalisch in dem Sinn, daß auf ihn jeder einzelne Ton der Scala einen charakteristischen, bestimmbaren und gleichbleibenden Reiz ausgeübt, daß er also das sogenannte absolute Gehör besessen hätte, gab es einen Ton, der auf ihn im unangenehmen Sinn wirkte: der Ton fis in jeder Lage, aber vornehmlich in hoher, und wenn er gesungen oder geblasen oder ganz in der Nähe auf einem Streichinstrument angestrichen wurde. Ein häufig wiederkehrender Ton fis oder überraschenderweise in einer ganz fremden Tonart erscheinend, konnte bewirken, daß es dem Erzherzog in der am Anfang beschriebenen Weise den Hals zuzog, aber gleichzeitig die Luft des Magens gewaltsam durch die verengte Röhre nach oben drängte. Stücke in G-Dur, wo der Leitton fis eine große Rolle spielt, hatten den Erzherzog schon unter drohender Gefahr der Ohnmacht gezwungen, Konzertsäle zu verlassen.

Ein hohes fis des Baritons (»Weh, böser Zauber tut sich auf...«) beschließt strahlend und flehend die letzte Warnung des treuen Freundes und Nebenbuhlers an den Titelhelden, möglichst von seiner sündigen Disposition abzulassen; ein lang ausgehaltenes Fis beginnt den Part der Venus, wenn sie auf die Bühne tritt, um den müden, erbitterten, vielleicht fußmaroden Pilger zu kirren: »Willkommen, ungetreuer Mann...«

»Wenn ich nur nicht die Loge verlassen muß«, dachte sich der Erzherzog und hörte nur mehr gegen seinen Willen auf die laute Musik, »wenn ich es nur überstehe«, und er hob die Hand vor die Augen, wie in ergriffener Bewunderung des Gebotenen.

Wolfram, der treue, wandte sich nun, wenn auch in gebotenem Abstand, direkt an die heidnische Erscheinung, die ihm durchaus nicht paßte, und: »Zauber der Hölle, weiche, weiche, berühre nicht des Reinen Sinn –« singt er, gut gemeint zwar, aber wieder auf dem hohen Fis, was den Erzherzog zwang, auch die zweite Hand vor das Gesicht zu schlagen. Allerlei Versprechungen sollen den Pilger in den Venusberg locken, so zum Beispiel, daß ihm eine grobe Undelikatesse aus einem früheren Akt des Stückes restlos vergcbcn würdc, und: »...cwig flicßc dir dcr Frcuden Quelle, und nimmer sollst du vor mir flieh'n.« In schneller, raffinierter, unvermittelter Folge wechseln sich die Tonarten C-Dur und H-Dur ab, und gerade im Moment, wo der Erzherzog glaubte, er würde sich nicht mehr festhalten können, verwandelte sich plötzlich der Charakter des Gesanges. Wo sich der Titelheld und Pilger »mit wilder Entschlossenheit« von seinem Freunde Herrn v. Eschenbach losreißt und in milderen Tonarten, in c-Moll, in a-Moll weitersingt.

Der Erzherzog nahm nun die Hände wieder vom Gesicht, aber nur zu seinem Schrecken:

Herr Baswaldt stand auf der Bühne, mit der Leier wie vorhin, der Titelheld im Büßerrock, die Wartburg im blauen Nebel auf dem Prospekt (die Landgräfin liegt wohl darin gerade in Krämpfen), aber dazwischen, zwischen dem lockenden Gewirr der springenden Faune und Najaden, dem heidnischen Spuk (dargestellt von den Elevinnen des der k. u. k. Oper angeschlossenen Ballett-Ausbildungs-Instituts), das die beiden altfränkischen Landedelleute umtanzt, stand die Göttin Aphrodite, die erhabene, mächtige Frau, wie der Erzherzog sie aus dem Park kannte, bekleidet wieder mit den Mondblüten, die herrlichen Arme nach dem Sänger reckend, wie vorhin nach ihm, dem Erzherzog...

»Oh komm«, sang Frau Venus, »auf ewig sei nun mein...«

Der Erzherzog hob die Hände, wie bereit, sie wieder vors Gesicht zu schlagen, oder wie zu beschwören. Er schaute hinüber zur Erzherzogin.

Sie aber saß ruhig in dem tiefen Sessel, ohne sich anzulehnen, die beiden Hände im Schoß, abwesend für alles andere, achtete sie nur auf die Musik.

»In keimender Angst«, schreibt der Tondichter vor, solle die Göttin ihre letzten Verlockungen singen, nicht mehr strahlend: in a-Moll. Schon beginnt im Orchester ein heftiger Marsch, von einem alterierten Dominantseptakkord zum nächsten fortschreitend, daß man für Takte vergeblich auf eine Auflösung wartet. Jede scheinbare Auflösung erweist sich zuletzt wiederum nur als eine neue Spannung, bis sich endlich das ganze Instrumentarium in die höchste Höhe windet, soweit es den einzelnen möglich, und der Dominantseptakkord der B-Dur-Tonart im Tremolo hoch über dem Gesang schwebt, entsetzlich – für den Erzherzog – in seiner Spannung gesteigert durch die Alterierung des Grundtones f zum ges, was aber nichts anderes und nicht besser ist als ein fis.

Der Erzherzog fühlte sich elend, als würden in seinem Leibe unzählige Borkenkäfer die Gedärme zu Sägemehl zerbeißen und ihn aushöhlen.

»Komm, oh komm«, sang Venus wieder auf der Bühne und reckte die Arme.

»Weiß denn niemand außer mir, daß nicht eine Sängerin, sondern die echte, die richtige, die leibhaftige – nein, nicht die leibhaftige, die verklärte, unwirkliche... und dennoch... mir wird so elend, bei der Musik –« Der Erzherzog legte den Kopf gegen den Rand der Brüstung wie in Verzückung über das zu Hörende.

Ein allerletztes Mal verwarnt Herr Wolfram den müden und verbitterten Pilgrim. Er droht ein Wort zu sagen, das den bösen Zauber schwinden machen würde. Ein letztes Mal lockt die göttliche Frau aus dem Hörselberg; »Komm, oh komm«, ihr Lockruf auf dem c beginnt: »zu mir«, und steigt zum es, und noch einmal ruft sie »zu mir«, diesmal auf dem es beginnend. Jeder denkt oder möchte denken, wenn er in der Eile Zeit hätte: aha, jetzt folgt ein g, denn sie singt den zerlegten c-Moll-Akkord, aber nein, »zu mir« heißt es, und mir auf dem schauerlichen ges oder fis. Dem Erzherzog erschien, als wäre er endlich betäubt und gegen den Schmerz unempfindlich, da erklingt das angekündigte Zauberwort Wolframs: »Elisabeth –«, und gleich darauf der versteckte Männerchor hinter der Szene »Der Seele Heil...« Da spürte es der arme Erzherzog wie Galle aus dem Hals steigen. Ohne auf sein Windspiel Clara zu achten, stürzt er hinaus in den Vorraum zur Loge und setzt sich dort auf die nächste samtene Bank. Es wurde ihm besser. Nach kurzer Zeit richtete sich der Erzherzog auf – der Es-Dur-Gesang der sargtragenden Pilger war durch die gepolsterte Logentür weitgehend gedämpft – und strich sich über Bart und Haare.

»Wie konnte ich der Beatrix nur versprechen, in dieses Stück zu gehen, wo ich weiß, daß ich es nicht vertrage.«

Leise kratzte das Windspiel an der Logentür. Der Erzherzog stand auf und öffnete schnell einen Spalt die Tür. Bedrückt kroch der sonst muntere Hund unter die sammetbezogene Bank, auf die sein Herr sich vorhin gesetzt hatte.

Für einen Moment drangen die frommen, unverminderten Akkorde des Frauen-Pilger-Chores in den Logen-Vorraum.

»O, ich bin etwas zu früh hier...«

Erschreckt drehte sich der Erzherzog um, so schnell, daß die Orden aneinander klingelten.

»Die Darsteller sollen den Kaiserlichen Hoheiten hier vorgestellt werden –« Venus, wie sie eben noch auf der Bühne gestanden, war, von dem Erzherzog unbemerkt, eingetreten.

»Wie kommen Sie hier herein?«

»Dank der Tür«, lachte sie, »sind die Kaiserlichen Hoheiten noch in der Loge?«

»Ja, das heißt nein: meine Frau hört noch zu.«

»Oh –« die Sängerin, die Joseph Ferdinand für einen Adjutanten oder etwas dergleichen gehalten hatte, erkannte erst jetzt den Erzherzog-Thronfolger und sank in den Großen Hofknicks. »Sie ist doch nicht dieselbe«, dachte sich der Erzherzog währenddessen, »zwar ist sie von gleich großer Statur wie jene im Park, aber das Gesicht ist viel weltlicher, vielleicht angenehmer. Ihre Stimme ist – einer Sängerin – von der Musik gebildet, wie sollte es sonst sein; und außerdem, was ich – im rosigen Licht auf der Bühne – für schwarze Mondblüten gehalten habe, sind Applikationen auf dem weißen Tricot...« Gewisse Stellen an der statuenhaften Sängerin hatte der Kostümbildner, um die Dezenz der Hofbühne zu wahren, mit dekorativen, aber unmotivierten Stoffdrapierungen verhüllt, anders als bei jener Venus im Park – oder: »– war ich doch nicht genarrt? War die Venus dort auch im Tricot?«

»Ich bin sehr erfreut, gnädige Frau, bitte nehmen Sie Platz«, er deutete auf die samtene Bank.

»Hoffentlich haben Kaiserlicher Hoheit mein Spiel gefallen?«

Der Erzherzog machte ein Kompliment in Form einer zustimmenden Gebärde.

– »Der Gnade Heil war dem Büßer beschieden,
Nun geht er ein in der Seligen Frieden – Halleluja!«

Der Titelheld war gestorben. Die Entbehrungen der langen Fußreise, dazu der Ärger hatten ihn wahrscheinlich zermürbt, die unmenschliche Aufregung endlich gefällt. Breit lag sein Leichnam auf der Bühne. Die sogleich versammelten Minnesänger bestätigten sich gegenseitig mit den angeführten Versen, daß es so wohl besser für ihn sei. In der zufriedenen Tonart Es-Dur schließt das Stück.

Beim Anhören des Schlußchores, obwohl gedämpft durch die Tür und obwohl kein einziges fis oder ges erscheint, befiel den Erzherzog die Beklemmung, und er glaubte wie vorhin – ausgehöhlt von Menschen-Käfern – zu Holzmehl zerfallen zu müssen.

»Meine Frau«, sagte er mit der allergrößten Anstrengung, »meine Frau wird sogleich –« er ging langsam zum Fenster des Raumes, weniger wegen der frischen Luft, als sich daran festzuhalten »– wird sofort herauskommen. Sie versteht mehr von Musik.«

Die letzten Wörter kamen bereits verzerrt aus seinem Mund. Er hatte nicht den halben Weg zum Fenster zurückgelegt, da verließ ihn die Kraft.

Die Plüsch-Oberfläche des Teppichs meinte er im halben Bewußtsein im Gesicht zu spüren, aber es war der ebenso sanfte und weiche Busen der kraftvollen Dame, die ihn – zwar aufschreiend, aber geistesgegenwärtig – im Fallen aufgefangen.

»Zu mir... zu mir...« glaubte er zu hören. Der Ton ges drang ihm diesmal ganz sanft ins Ohr.

»Aber was machen Sie, was machen Sie, Joseph –«

»Beatrix –«

»Sie sinken mir in die Arme, Lieber, aber bedenken Sie das Hofzeremoniell!«

»Schnell, Graf«, wandte sich die Erzherzogin an den spanischen Gesandten, Don Carlos Catharina O'Donnel, Graf von Lucena, Herzog von Tetuan, der sich mit in der Loge befunden hatte, »schnell einen Diener, den Wagen, dem Erzherzog ist irgendwie die Oper auf den Magen gegangen...«

Die würdige, aber nicht bewegliche Exzellenz sprang ungeschickt wie ein alter Lakai die Treppe hinunter. Um ein Haar hätte er, gestolpert, selber Hilfe notwendig gehabt.

»Beatrix... wir dürfen noch nicht gehen.«

»Und warum nicht?«

»Die Darsteller werden uns noch ihre Aufwartung machen.«

»Ach, Unsinn.«

Graf O'Donnel, der endlich, nach dem zweiten Treppenabsatz, den Verstand gehabt hatte, den erhaltenen Befehl seinerseits einem echten Lakaien weiterzugeben, kehrte schweratmend zurück: »Sogleich – ächäch – wird der Wagen Ihnen zur Verfügung stehen – ächäch – Kaiserliche Hoheit.«

Gestützt von dem langsam wieder normal atmenden Gesandten des spanischen Königs auf der einen Seite, auf der zweiten von seiner Gemahlin, nach einiger Zeit aber wieder kräftig genug ohne Hilfe zu gehen, begab sich der Erzherzog zum Wagen. Schnell verabschiedete man sich von Graf O'Donnel-Lucena und stieg ein.

Das Verdeck war geschlossen worden. Abgesehen von den sporadischen Straßenkandelabern, warfen nur die beiden Laternen am Bock der Kutsche einen Streifen in das Innere und beleuchteten das schmale Guckfenster nach vorn für den Kutscher, durch das man Befehle rufen konnte.

»Eine Täuschung ist hier wenigstens ausgeschlossen«, dachte sich der junge Fürst, »weil der Mond mit seinem Licht aus der Kutsche ausgesperrt ist.«

»Es tut mir sehr leid, mein Lieber, daß Sie vor dem Schluß die Loge haben verlassen müssen«, sagte die Erzherzogin. Sie war für den Erzherzog zwar wegen der Dunkelheit nicht zu sehen, aber unverkennbar war es ihre Stimme... unverwandelt.

»Mir tut es leid, daß ich Sie gestört habe –«

»Sie haben mich nicht gestört, mein Lieber, ich habe es gar nicht bemerkt, daß Sie die Loge verlassen haben.«

»Ich bin nicht lärmend aus der Loge gestürzt?«

»Keineswegs. Gestürzt sind Sie erst später, in meine Arme –«

»Verzeihen Sie mir, meine Liebe.« Der Erzherzog senkte den Kopf.

»Was ich Ihnen verzeihen müßte, ist, daß Sie es in Gegenwart des Grafen O'Donnel-Lucena getan haben –«

»O – selbstverständlich; aber denken Sie, es wäre der alte Graf Merode gewesen, den bei der mindesten Aufregung eine hypersarkotische Speichelabsonderung befällt; oder Ihre verehrungswürdige Tante, die Erzherzogin Alberta, die nicht dulden kann, daß ein anderer leidender ist als sie.«

»Stellen Sie sich vor«, sagte die Erzherzogin mit ernster Stimme, aber sanft, »stellen Sie sich vor, es wäre niemand dabeigewesen.«

Durfte so etwas eine Erzherzogin ihrem Mann sagen? Wie eine bürgerliche Verliebte? Oder – nein... der Erzherzog überlegte: wahrscheinlich bezog sich das, was die Erzherzogin gesagt hatte, daß man sich vorstellen solle, *niemand sei dabei gewesen,* auf die unangenehme Situation, daß dann die Erzherzogin allein hätte helfen müssen.

»Stellen Sie sich vor«, wiederholte Erzherzogin Beatrix, weniger ernst und, wie man so sagt, mit Musik in der Stimme, mit italienischer Musik, war sie doch als Mitglied einer italienischen Seitenlinie auch so etwas wie eine Italienerin, sofern man Fürstlichkeiten überhaupt Nationen zuzählen kann, und obwohl die Italiener von besagter Seitenlinie schon länger nichts mehr wissen wollten – mit italienischer Musik in der Stimme, aber mehr Luigi Boccherini als Monteverdi, »stellen Sie sich vor, niemand wäre dabeigewesen.«

»Sie sind –« der Erzherzog schwankte. Er fürchtete, gleichzeitig mißverstanden und zu gut verstanden zu werden: »Sie sind eine so stolze Frau.«

»Haben Sie Angst vor mir?«

»Nicht eigentlich; ich ängstige mich nur, Sie darüber sprechen zu hören.«

»Wenn ich Sie ohnedies schon ängstige, dann erlauben Sie, daß ich eine sehr eigenartige und direkte Frage stelle? – Haben Sie eine Maitresse?«

Der Erzherzog war einen Augenblick äußerst verblüfft.

»Eine Maitresse meinen Sie?« sagte er danach.

Die Erzherzogin lachte. »Ich sehe, daß Sie keine Maitresse haben.«

»Nein –« Der Erzherzog senkte wieder den Kopf. Es trat eine Pause ein.

»Glauben Sie jetzt noch, daß ich eine stolze Frau bin?«

»Wie sollten Sie anders sein?«

»Werden Sie es nach der Frage immer noch glauben, die ich Ihnen jetzt stellen werde?«

»Ganz bestimmt!«

»Haben Sie je vor mir oder außer mir eine andere –« sie stockte und wurde unsicher.

»Helfen Sie mir doch bitte.«

»Ich weiß es nicht, Liebe, Sie können es gewiß nicht verstehen – aber wenn jetzt hier dieser Wagen nicht verschlossen wäre und der Mond nicht hinausgesperrt – aber vielleicht hat sich der Himmel inzwischen ohnedies bewölkt, und der Zauber ist vorbei.«

»Ich habe Sie mit meinem Gerede ermüdet, Lieber.«

»Wie könnte ich müde sein, nur weil Sie mit mir gesprochen haben. Zwar bin ich müde, aber nur vom Kopfweh.«

»Sie sollten sich nicht immer von den Hunden abschlecken lassen. Hunde haben alle Würmer. Von Würmern kommt Kopfweh.«

– »Les chiens, toujours ont des vers«, die Erzherzogin hatte es französisch gesagt, und der Erzherzog antwortete traurig: »Je ne le Vous crois pas.«

Die Achsen der Kutsche waren offenbar nicht richtig geschmiert. Sie quietschten. Auch in dem Quietschen war Musik, aber nicht italienische, sondern die von vorhin: die fistelnden Zweiunddreißigstel und der F-Dur-Akkord.

»Joseph Ferdinand«, sagte die Erzherzogin plötzlich mit hervorbrechender Stimme, als hätte sie sich länger darauf vorbereitet, »embrassez-moi.«

»Euer Liebden«, sagte der Erzherzog leise; im Knirschen der Achse war das Arpeggio einer Geige.

»Embrassez-moi!«

Er zog Beatrix Antonie an ihren Schultern zu sich und umarmte sie, küßte sie aber nicht, wie es der französische Doppelsinn des Wortes verlangt. Da beugte die Erzherzogin ihren Kopf zurück, den Mund nahe an Joseph Ferdinands Ohr flüsterte sie: »Líbej mě, miláčku!«

»Moje nejmilejší...« sagte er. Die Stimme versagte ihm fast. Er flüsterte nur noch: »Ty, ta jediná...« und beugte sich über ihren geöffneten Mund.

Im nächsten Moment sprang er aus dem fahrenden Wagen. Der Schrei einer ganz fremden Stimme aus dem Inneren des Coupés vermischte sich mit dem Ton einer Violine, wie er jetzt nicht von den ungeschmierten Achsen, sondern deutlich hörbar aus einem Fenster kam. Der Kutscher war auf seinem Bock aufgestanden und bearbeitete die Pferde, daß sie den Wagen mit sich rissen, die Straße hinauf.

»Halt, halt«, schrie der Erzherzog, nein: *meinte*, daß er schrie. In Wirklichkeit bewegte er nur den Mund. Er strauchelte, lehnte sich an die dunkle Wand eines Hauses der engen, bergaufwärts führenden, mit Katzenköpfen bepflasterten Gasse, unmittelbar unter dem Fenster, aus dem die Musik kam. Ohne zu denken, hörte er eine Salon-Bearbeitung der heute gehörten Oper. Die Violine spielte den Gesangspart, das Pianoforte imitierte die fistelnden Zweiunddreißigstel des Orchesters. »Was die Musik anbelangt«, sagte Joseph Ferdinand zu sich selber, unhörbar, obwohl er die Lippen wie im Sprechen bewegte, »hast du mich nicht getäuscht, und du hast nicht bloß das ungeölte Quietschen der Achsen in Musik verwandelt – obwohl es nicht ohne Ironie wäre, aus dem ungeölten Reiben eine so ölige Musik zu zaubern.«

Auf den bebenden F-Dur-Dreiklang, über dem die Violine die Quinte gehalten hatte, war ein äußerlich effektvoller Akkord aus vier kleinen Terzen gefolgt, zu dem die Geige eine verzierte, nach unten in die Molltonart gebrochene Melodie spielte.

»Du hast es absichtlich unterlassen«, der Erzherzog hob den Kopf (ohne aber zu bemerken, daß er nicht unbeobachtet war) und sprach den Mond an: »– denn es wäre ohne Frage in deiner Macht gestanden. Du hast heute besondere Macht, selbst dort, wo deine Strahlen nicht hindringen.«

»Imadjá a holdat?« sagte eine weibliche Stimme.

Der Erzherzog hörte nicht auf die Stimme, hörte auch nicht auf die weitere Melodie der Violine, die endlich einen einzigen, aber verzierten Ton aushielt, nachdem sich die Begleitung über den Dominantseptakkord der Anfangstonart zu einem Trugschluß begeben hatte, um dann – mit harfenartig hinaufgleitendem Baß – zur Dominante zu modulieren und nun dort – wie der endgültige Ton der Geige bestätigte – für einen Augenblick zu verbleiben.

»Du erinnerst dich«, sagte der Erzherzog zum

Mond. »Du erinnerst dich. Zweimal war es mehr oder weniger ein Witz, über dessen Geschmack man streiten kann, und kann sein, der eine oder andere hätte Gefallen daran gefunden. Aber diesmal – nein, diesmal war es ein Stich...«

»Na, Sie beten den Mond an?«

Der Erzherzog wendete sich erschreckt der Stimme zu. Eine Frau hatte sich ihm genähert, eine große Gestalt, in einen dunklen Mantel gehüllt, eine sogenannte zweifelhafte Dame, ohne Frage. Sie sprach wienerischen Dialekt mit ungarischem Akzent.

»Brauchst nicht zu erschrecken.« »O – Pardon –« Joseph Ferdinand wußte nicht viel anderes zu sagen.

»Bist wohl ein Dichter, daß du den Mond anbetest?«

»Naja, vielleicht ein Dichter.«

»Aber hier wollen wir doch nicht stehen bleiben? Bist du ein Offizier? – hast viel Kuch'lg'schirr –« sie deutete auf seine Orden, die im Mondlicht glänzten. Der Erzherzog wünschte, der Mond möchte jetzt nun doch wieder zaubern und die hohen Orden in billigere verwandeln oder in Blumen.

»Komm schon weiter. Siehst du nicht rötlich erleuchtetes Haustüre dort? Es ist alles ganz ventiliert und riecht sehr gut. Ein Götter-Aufenthalt! –«

Das Pianoforte in dem Hause begann wieder ungefähr von vorn. Auch die Geige wiederholte ihre Cantilene, aber bald wechselte sie in tiefere Tonarten und blieb stets pianissimo.

»Wenn nur kein schrilles fis oder ges in der Violine erscheint«, sagte der Erzherzog, »wo ich ohnedies so schwach bin. Ich glaube, ich habe mir beim Sprung den Fuß gestaucht.«

»Weichster Daunen stehen dem Herrn zur Verfügung, so daß Exzellenz überhaupt keine Glieder mehr spüren. Hi, hi. Bis auf eins. Mit Verlaub. Komm, süßer Freund... komm, folge mir...«

»Deine Schuld«, drohte er dem Mond, »ich sollte weggehen, sie hat recht, ehe ein fis oder ein ges kommt.« Langsam stemmte er beide Hände hinter sich gegen die Wand und richtete sich so auf.

»Ich darf ihr keineswegs folgen, Mond. Wie wirst du mich heute in dieser Nacht noch schrekken. Aber ich bin gewarnt. Gewiß hast du bereits unter dem Mantel dieser Person ihren Körper in den der armen Beatrix verwandelt. Ihren hast du mir in dem verschlossenen Wagen zu Stein gemacht, und während ich mit ihr nichtsahnend – hätte ich nur gedacht! – redete, war sie schon aus Alabaster, bedeckt mit den silbernen Blüten jener geheimnisvollen Pflanze, deren Name ich nicht kenne – ›embrassez-moi‹. In Alabaster verwandelt hast du sie, zunächst, und dann den Alabaster – namentlich mittels der Blumen – weich und anschmiegsam gemacht, so daß ihr Leib weder ganz menschlich, noch ganz aus Stein gewesen ist, sondern... sondern... sondern... gibt es einen weichen Stein –? Ich weiß nicht, verspottest du mich heute, oder willst du mich töten? Bist du ein Dämon, Mond, oder ein Witzbold?«

»No, jetzt komm, lieber Freund, gehen wir weg von da.«

»Sie hat recht«, dachte Joseph Ferdinand, »ich muß weg von hier, von der zweifelhaften Person, auch von der Musik, bevor ein fis oder ges kommt –«

Aber es war zu spät, schon hatte sich die Musik bis auf Des-Dur gesenkt, und in einem großen Strich über drei Noten: des-c-es bereitete die Violine die verhängnisvolle Tonart vor: Ges-Dur.

Mühsam verhinderte Joseph Ferdinand, daß er zu Boden fiel. Er ließ sich wieder an die Hauswand zurücksinken.

»Es soll Ihnen nicht zu wenig belohnt werden, verehrte Gnädige, wenn Sie mir einen Fiaker holen.«

»Geht's dir so schlecht, mein kleiner Leutnant?«

»Über alles andere vergesse ich, daß ich froh sein muß, weil sie mich nicht erkennt.«

»Na, komm schon, ich heiße Clara.« Sie sagte es mit tiefer Stimme. »Ich glaube, ich höre schon, wie mein Bruder die Geige stimmt, oder das Cymbal... für die anderen Exzellenzen.«

»Sind dort noch mehrere Offiziere?«

»Du wirst keinen sehen und keiner dich. Horch, mein Bruder schlägt schon das Cymbal.«

Wirklich übertönte eine Zigeunerkapelle mit

dem Lied ›Wir begeben uns zum Ufer des schönen Püspökladany‹ das Duett der Violine mit dem Klavier. Bald wurde oben verärgert das Fenster geschlossen.

»Na, komm –«

»Halt«, rief jetzt der Erzherzog, »wie heißt du?«

»Clara –«

»Wo ist mein Hund? Ich habe meinen Hund verloren. Mein Windspiel heißt wie Sie, und ich erinnere mich, daß es nicht mehr mit mir in den Wagen gestiegen ist. Es muß noch in der Oper sein. Oder solltest am Ende du –« er drohte dem Mond, »es in eine Gartenfigur verwandelt haben, verzaubert zu den Füßen einer jagenden Diana? Oh ende es – früher mein tröstliches Gestirn, wie oft habe ich unter deinem Schein gedichtet, wenn die lauten Strahlen deiner täglichen Schwester mich schmerzhaft verwundet hatten – oh ende es und verwandle mich gütigst auch in den unglücklichen Paris oder irgendein Denkmal, es stehen genug herum, du magst ihn dir aussuchen; und einmal muß dein Zauber enden, und es soll diesmal deine heiße Schwester mich trösten – oder wenn es auch nicht enden soll, nur laß mich endlich aus mit deinem Spott.«

»Mein armer Leutnant, du riechst nicht und bist ganz betrunken.«

»Öffnen Sie Ihren Mantel!«

»No … no, mein Kleiner …«

»Ich sage Ihnen: bitte öffnen Sie Ihren Mantel.«

»No – no, sag ich noch amal. Weißt du, was ich unterm Mantel anhab'? Nichts ... nichts.«

Die Zigeunerkapelle des Bruders der Dame begann die zweite Strophe des Liedes. Es hieß: ›Die Schwäne buhlen mit den Wassern des schönen Püspökladany.‹ Clara öffnete langsam ihren Mantel.

Der Erzherzog fiel auf das Pflaster. Was er gesehen, hatte ihn gefällt. Er hatte nichts Anstoßendes oder Ekelerregendes gesehen, als die zweifelhafte Dame ihren Mantel öffnete, aber auch keinen nackten Leib einer Frau, zumindest keiner irdischen Frau. Eine Art Feuerwerk, funkengewordene, sternartige Blüten funkelten unter dem Mantel, ein Körper aus Licht, aus rosig durchscheinendem Marmor, ein köstlich glühender Kristall in Weibsform, eine nackte Frau von Glas oder von gebändigtem Rauch. Ein Duft von Harz peitschte unter dem Mantel hervor und von Taxus, so wie es auf einem Friedhof riecht.

»Clara!« wollte Joseph Ferdinand rufen. Er konnte es nicht. Er konnte hören und sehen, konnte sich aber nicht bewegen, auch nicht den Mund. Er sah von oben auf sich herab. Er lag da wie eine gotische Grabfigur auf einem Sarkophag, auf dem Rücken, in Uniform, den Degen auf der Brust, die Hände gefaltet. Es wurde finster. Die Dame schlug erschreckt den Mantel wieder um sich, als das Pferdegetrappel näherkam. Daher wurde es also finster, daß die Dame den Mantel über ihrem Feuerwerkskörper schloß. Brennt das

Mantelfutter nicht an? dachte der Erzherzog. Er konnte nichts mehr sehen. Er spürte einen Kuß. »Clara«, wollte er sagen, konnte es aber nicht. Clara, das Windspiel. Er wurde fortgetragen, spürte er, aber offenbar nicht in jenes Etablissement, in dem man ›Die Schwäne buhlen mit den Wassern des schönen Püspökladany‹ spielte, denn die Musik entfernte sich rasch und war endlich nicht mehr hörbar.

3

Es wurde lang nicht mehr hell. Alles war still, und es roch nach Taxus wie auf dem Friedhof. Bewegungen und Mahnungen, leise zu sein, hörte er um sich. »Aha«, dachte er, »ich werde jetzt in einer Kirche aufgebahrt. Jetzt, jetzt ist der Mond wieder mein Freund, denn nächtlicherweise, wenn sein Licht durch die Fenster der Gruft, oder wo sie mich hinstellen, bricht, werde ich zum Leben erwachen, wie die anderen Statuen, mit denen ich Bekanntschaft gemacht habe. Clara –! Wo werde ich dich finden?«

»Der Erzherzog-Thronfolger ist krank, und für den Nachmittag hat der Kaiser seinen Besuch angesagt, aber auch das ist ungewiß, es wird von dem Befinden des Erzherzog-Thronfolgers abhängen, und ob er zu sich kommt.«

»Ich möchte mich sohin bei den Kaiserlichen Hoheiten empfehlen lassen. Ich werde morgen durch das Telephon weitere Grüße auftragen.«

»Sehr wohl, Herr Graf, ich hoffe, daß zur gegebenen Zeit der Diener hier ist, der den Apparat bedienen kann.«

Graf Orestes Florimond Lamboy entfernte sich mit militärischem Schritt. Er galt als der eleganteste Offizier der Armee. Er war mit dem jetzt kranken und bewußtlosen Erzherzog-Thronfolger zusammen auf der Kriegsakademie gewesen, hatte ihn dann auf einer Reise in den Vorderen Orient und nach Indien begleitet. In Esseg stationiert, war sein Besuch selten. Auch heute war die Gelegenheit dazu ein vorübergehender, dienstlicher Aufenthalt in der Hauptstadt gewesen. Auch sonst gab es viel Besuch, fast schon wie zur Kondolenz. Eine große Zahl abgegebener Blumen und Karten lag auf dem Tisch des Vorzimmers, darunter die der anderen Erzherzöge, des Hofes, der ausländischen Gesandten, aber auch einiger minder bekannter Erscheinungen der Gesellschaft, die unter anderen Umständen nicht zugelassen worden wären, ihre Karte abzugeben, und die so ihre Möglichkeit nutzten.

Am frühen Nachmittag aber wachte der Erzherzog auf und war in der Lage – im Bett liegend allerdings, versteht sich –, seinen Adjutanten, Oberstleutnant d'Evreux, zu empfangen, der ihm meldete, daß nichts vorgefallen sei.

Die Besserung war aber nur vorübergehend. Der Besuch des Kaisers mußte infolge neuerlicher Verschlechterung des Zustandes des Thronfolgers verschoben werden. Der Besuch fand überhaupt nicht mehr statt, denn in den folgenden Wochen wechselten die starken fiebrigen Anfälle mit abwegigen Phantasien mit Zuständen tiefer Bewußtlosigkeit ab, ganz unregelmäßig und unberechenbar. In seinen Fieberphantasien verlangte der Erzherzog des öfteren – was sehr peinlich erschien –, daß man eine gewisse Clara suchen lasse, deren Bruder auf dem Cymbal das Lied ›An den Ufern des schönen Püspökladany‹ spielen könne.

Auch befahl er, daß die Orden an seiner Uniformbluse gegen Blumen ausgetauscht würden. Nach einiger Zeit sagte die Erzherzogin, daß mit jener Clara keine Frauensperson gemeint sei, sondern der Hund. Alles war erleichtert, besonders der Kaiser, der auch darüber unterrichtet war. Daß der Hund einen Bruder haben sollte, der auf dem Cymbal ›An den Ufern des schönen Püspökladany‹ spielen kann, wurde auf das Konto der Unlogik solcher fiebrigen Phantasien geschrieben. Übrigens befand sich der Hund Clara ständig im Krankenzimmer, kümmerte sich aber nicht um seinen Herrn. In der letzten Woche der Krankheit traten Augenschmerzen auf, auch vorübergehende Lähmungserscheinungen. Zu dieser Zeit war der Kaiser bereits nach Mürzsteg zur Herbstjagd abgereist. Er empfahl, seinen Neffen nach der Krankheit zur Reconvaleszenz nach Mehadia zu schicken.

Wenige Tage nach der Abreise des Kaisers wurde der Zustand des Erzherzogs besser. Von einer Stunde auf die andere hörten die Augenschmerzen und auch die Lähmungserscheinungen auf. Aber das alles ergab nicht den Eindruck der Gesundung, sondern eher den des Fortschreitens der Krankheit in ein anderes, weil unmerkliches und unsichtbares Stadium. Für den flüchtigen Beobachter zeigte der Prinz jedoch nur die natürlichen Schwächungen nach dem wochenlangen Fieber. Eine komplizierte Diät wurde angeordnet, Wadenwickel und Brustkompressen. Von einem Konzilium von bedeutenden Universitäts-Professoren wurde die Empfehlung des Kaisers geprüft und für äußerst gut befunden.

In Begleitung seiner Frau, eines entfernten Vetters (des Erzherzogs Ludwig Salvator von Habsburg-Toscana), des Adjutanten Graf d'Evreux und einiger anderer adeliger männlicher und weiblicher Personen sowie von Diener- und Pflegepersonal reist Erzherzog-Thronfolger Joseph Ferdinand Marzellin gegen Ende des Herbstes nach Mehadia, an die rumänische Donau, nahe dem Eisernen Tor, um die berühmten und beliebten Herkulesbäder aufzusuchen. Die Reise erfolgt per Schiff.

Der Wind, von dem die Bewohner und die Prospekte Herkulesbads behaupten, er käme bereits vom Schwarzen Meer, verstärkte den Klang des kleinen Kurorchesters und trug ihn weit in den Park hinaus. Wo er sonst längst nicht mehr gehört worden wäre, erfreute er noch, wenn auch wechselnd in der Lautstärke, das Ohr der entfernten Kurgäste. Erzherzog Joseph Ferdinand, eingetragen und gemeldet in den Gästelisten als ein Graf Falkenstein mit Gemahlin und Diener, ging, gestützt auf den Grafen d'Evreux und die Erzherzogin, begleitet von einem der sechs Hunde, die er sorgfältig für die Reise ausgewählt hatte, den Flußlauf der Cenna hinauf, dem entlang sich der Wandelpark erstreckte und auch zu den hohen Herrschaften wehte es die Melodie herüber:

»Denkst du der Stunden, / Die wir in Herkulesbad waren ...«

Ein beliebtes Stück, weit über die Herkulesbäder und Mehadia hinaus bekannt. Jeder Gast sollte die Melodie als Erinnerung an den Kuraufenthalt mitnehmen, und so hieß sie auch: ›Erinnerungen an Herkulesbad‹.

»Denkst du der Stunden, / Die wir in Herkulesbad waren ...«

Der Hund lief voraus und zurück und im Kreis um den Herrn; er machte den Weg dreimal. Der Erzherzog hatte ihm seinen Stock gegeben, den er quer im Maul trug und ab und zu unter einem Lorbeerbusch zu verscharren suchte.

Die drei hohen, unbekannten und unerkannten oder jedenfalls auf Bitten der Kurverwaltung nur heimlich erkannten Gäste des Bades gingen langsam, Schritt für Schritt, die Promenade hinauf. In diesem Teil des Parks begegnete man kaum mehr anderen Kurgästen. Die Bänke wurden spärlicher, die Wege nicht mehr so exakt eingefaßt, der Lorbeer weniger gerade geschnitten. Nun war auch die Kurkapelle nicht mehr zu hören, aber nur für eine Weile, denn sie hatte den Walzer ›Erinnerungen an Herkulesbad‹ fertiggespielt und bereitete sich auf den nächsten vor. Leise sang, eh die Musik wieder erklang, Joseph Ferdinand den Text mit, soviel er ihn kannte:

»Nur – / Für Natur – / Hegte sie – / Sympathie. / Schwärmen und träumen / Unter den Bäumen / Liebt die Gräfin Melanie –«

Sonst war der Erzherzog den ganzen Tag sehr schweigsam gewesen. Es war der sechste Tag in Herkulesbad und der erste, an dem die Kopfschmerzen des Erzherzogs wiederkehrten. Nur leise deutete sich der Schmerz vorerst an, auf- und abklingend wie die ferne, vom Wind getragene Musik. Seinen Begleitern wollte Joseph Ferdinand nichts davon sagen, hauptsächlich um Beatrix nicht zu erschrecken.

»Haben Sie, meine Liebe«, begann er das erste Mal an dem Tag zu reden, »gesagt, daß alle Hunde Würmer hätten?«

»Ich? Ich, liebster Joseph Ferdinand, habe nichts gesagt.«

»Nicht im Moment, ich meine: haben Sie es früher einmal behauptet?«

»Es ist möglich, mein Freund; gewiß ist, daß Hunde immer Würmer haben.« Der Erzherzog sagte nichts, begann aber wieder zu singen, die dritte Strophe:

»Schon – / Blüht der Mohn – / Rot und blau – / Schau, schau, schau …«

Die letzten Takte hatte auch die Erzherzogin mitgesungen und im Schritt ein wenig den Walzer angedeutet. Sie pflückte einen Zweig mit Lorbeerblättern von einem Busch. Sie reichte ihn Joseph Ferdinand:

»Hier, für Sie; sehen Sie, wie in Herkulesbad der Lorbeer leicht zu erwerben ist:

– Lippen sich neigen, / Unter den Zweigen, / ›Ach‹, seufzt Konrad, ›süße Frau!‹ «

»Sie brauchen den Lorbeer nicht einmal zu pflücken, liebe Freundin. Im Herbst fällt er allein auf den Boden. Sie brauchen ihn nur aufzuheben: der ganze Rand des Weges ist mit Blättern bestreut. Was sollte ich mit so leicht erworbenem Lorbeer. – Herkules, laß das.«

Herkules hieß der Hund, der heute den Erzherzog begleitete. Eigentlich waren nur fünf Hunde ausgewählt worden, um auf die Reise nach Herkulesbad mitgenommen zu werden; aber kurz vor der Abreise war dem Erzherzog eingefallen, daß man unbedingt auch noch den Hund mit dem Namen des Bades mitnehmen müsse.

»Er wird sich die Nase verderben, d'Evreux, wenn er immer an dem Zeug schnuppert. Nehmen Sie ihn an die Leine, nein, nehmen Sie ihn nicht an die Leine, lassen Sie ihn sich ruhig die Nase verderben. – Er ist ein Hund von den besten Anlagen, aber er wird nicht mehr lange leben.«

»Woher sollten Sie das wissen?«

»Ich verstehe mich prophetisch auf Hunde. Er wird nicht mehr nach Wien zurückkehren. – Er läuft außerordentlich gut, aber es ist nie ausgenutzt worden. Glauben Sie, Beatrix, daß auch Herkules Würmer hat?«

»Er ist ein Hund wie jeder andere.«

»... Dank – / Einer Bank – / Ganz allein – / In dem Hain –«

die fünfte Strophe. So leise und kaum mehr hörbar trug im Augenblick der Wind die Musik herauf, daß dem Erzherzog war, als übertöne der

Duft des Lorbeers die ferne Kurkapelle. Aber die Erzherzogin hörte sie doch, und auch Graf d'Evreux sang mit:

»Berauscht von Rosen, / – die Pulse tosen – / bebt die Gräfin: ›Ich bin Dein!‹ «

Der Erzherzog wollte allein zurückbleiben. Schon deswegen hatte er nichts von den Kopfschmerzen gesagt, weil sonst d'Evreux ein großes Gejammer angestimmt hätte, und Beatrix hätte nie eingewilligt, ihn auch nur für eine halbe Stunde in der herbstlichen Nachmittagssonne allein mit seinen Gedanken auf der Bank zurückzulassen.

»Ich weiß nicht, Kaiserliche Hoheit...« sagte d'Evreux.

»Ihr geht einmal rundum, bis dort hinauf zu den Eiben oder Buchen, oder was das ist, und kommt hierher zurück. Ich schwöre, daß ich mich nicht von der Bank wegbegebe.«

»Nicht gern, Kaiserliche Hoheit...«

»Jetzt gehn S' weiter, Graf d'Evreux, mir geht's hervorragend.«

»Aber – Sie so allein...«

»Wird mich schon keiner erschießen. Einen Kaiser – ja. Einen Thronfolger nicht. Der ist ja noch nichts.«

»Man weiß nie...«

»Außerdem sind wir ja inkognito hier.«

»Na ja«, sagte Beatrix. »Aber wenn Sie wieder einen Anfall haben?«

»Herkules bleibt bei mir, und notfalls schick ich ihn euch nach –«

»Gut«, entschied d'Evreux, »eine halbe Stunde.«

Es ist eine gewisse Laiendogmatik der Medizin, Kranken ihren Willen zu lassen, schon aus Bequemlichkeit für die sie umgebenden Gesunden. Graf d'Evreux entfernte von einer der letzten Bänke des Parkes sorgfältig mit dem Taschentuch den Staub und empfahl dem Erzherzog wie dem Hund Herkules größte Aufmerksamkeit und Vorsicht. Es darf an dieser Stelle erwähnt werden, was sich eigentlich angesichts des Inkognitos von selbst versteht, daß Joseph Ferdinand sowohl als sein Adjutant Zivil trugen: helle pepita Listeranzüge, der Erzherzog eine schwarze, Graf d'Evreux eine gelbe Samtweste, Stock und Strohhut.

Joseph Ferdinand setzte sich auf die Bank an der von seinem Adjutanten bezeichneten, besonders sorgfältig gereinigten Stelle. Als sich die beiden Begleiter entfernten, winkte er ihnen nach mit dem Lorbeerzweig, den ihm die Erzherzogin gegeben hatte. Mit der Linken kraulte er den Hund. Die Kurkapelle begann, die Polonaise aus ›Eugen Onegin‹ zu spielen, ein Stück, das aufreizend langsam zu seinem eigentlichen Thema kommt und zuvor unendliche Vorfanfaren, Vorakkorde und Vorläufe bringt, und jedesmal, wenn der Hörer denkt, jetzt... jetzt kommt das Thema: nein, dann kommt es immer noch nicht, sondern wieder erst ein Akkord, noch ein Lauf, noch eine Fanfare, und erst wenn der Hörer die Hoffnung schon aufgegeben hat, erscheint das Thema, fast bereits unerwünscht. Der Erzherzog begann, aus dem abgebrockten Lorbeerzweig und einigen weiteren Zweigen einen Kranz zu flechten. So bemerkte er gar nicht, daß sich ein Herr der Bank genähert hatte, und überhörte sogar dessen Anrede.

»Gestatten Sie, daß ich neben Ihnen Platz nehme«, fragte der Herr ein zweites Mal auf Französisch.

»Oh!« Der Erzherzog fuhr auf. Er gab den nahezu fertig gewundenen Kranz schnell dem Hund. »Selbstverständlich.«

»Ich nehme an, Sie sind Franzose?« sagte der Herr. Er trug einen langen Bart und war kahlköpfig. Er war von freundlicher Miene, aber sein Gesicht zeigte, daß er erst mit den Jahren freundlich geworden war. Etwas beleibt zwar, zeigte er dennoch einen athletischen Körper. Statt auf einen Stock stützte er sich auf eine Keule; gelegentlich benützte er einen Kneifer, der an einer feinen Goldkette vom obersten Knopfloch der Weste herabhing. Auf dem Rockaufschlag trug er einen Orden, der den Kopf eines getöteten Löwen zeigte.

»Nein, mein Herr, ich bin kein Franzose«, antwortete Joseph Ferdinand, aber auf Französisch.

»Dann sind Sie wohl Deutscher?«

»Nicht ganz: Österreicher.«

»Aha. – Ich bin Grieche. Wären Sie ein Deutscher gewesen, hätte ich äußerst interessante Nachrichten für Sie gehabt.«

»Welcher Art, wenn ich fragen darf?«

»Politischer. – Ganz unerwartet ist der Reichskanzler, General Caprivi, gestürzt worden oder zurückgetreten, je nachdem wie man sagen will.«

Der Herr lachte. »Vorgestern. Heute ist der neue Reichskanzler ernannt worden. Und wissen Sie, wer es ist?«

»Ich habe nicht die blasseste Ahnung.«

»Wiederum eine Überraschung: der Fürst Chlodwig Hohenlohe-Schillingsfürst, vordem bayerischer Ministerpräsident, Gesandter in Paris und Reichsstatthalter von Elsaß und Lothringen.«

»Aha.«

»Aber ich sehe, Sie interessieren sich nicht für Politik.«

»Ich bitte Sie –«

»Außerdem sind Sie kein Deutscher. – Sie haben Ihrem Hund einen Lorbeerkranz geflochten?«

Jetzt lachte der Erzherzog, aber wie um sich zu entschuldigen: »Ganz in Gedanken.«

»So, so. Es ist aber ein sehr schönes Tier.«

»Ein Ardeschir-Babegan.«

»Wie heißt es?«

»Herkules.«

Der Herr lehnte sich zurück und senkte die Augen. Die kleine, abgesonderte Spitze des Bartes direkt unterhalb der Unterlippe hatte er in den Mund genommen und kaute daran.

»Verzeihen Sie, mein Herr«, sagte der Erzherzog, »ich habe nicht mehr daran gedacht, daß Sie Grieche sind –«

Der Herr mit dem Bart sagte nichts mehr, als

hätte er das Französische mit einem Schlag verlernt.

»Mein Herr, Sie dürfen nicht denken, daß ich aus Verachtung für die griechische Nation dem Hund den Namen Ihres Helden gegeben habe, im Gegenteil: weil er der stärkste ist, der mutigste und klügste...«

»Sie haben ihm nicht den Namen irgendeines griechischen Nationalhelden gegeben, sondern Sie haben ihm *meinen* Namen gegeben!«

»Verzeihen Sie noch einmal. Aber mich zu verteidigen bin ich jetzt schon geübt: auch ein Vorfahre meiner Frau hieß ebenfalls Herkules. Sie glaubte –«

»Ich will gar nicht wissen, was Ihre Frau glaubte, ich will feststellen, daß Sie sich immer noch täuschen: nicht mein Vorname ist Herkules oder wie; ich *bin* Herkules; ich bin *der* Herkules.«

»Oh«, sagte der Erzherzog. Das Windspiel war durch das häufige Nennen seines Namens aufmerksam geworden und achtete mit erhobenem Kopf auf den Fremden.

»Oh!« sagte Joseph Ferdinand: »Sie sind gewiß ein Artist.«

Jetzt antwortete Herr Herkules überhaupt nicht mehr. Er saß aufrecht und zurückgelehnt und schaute geradeaus. – Wahrscheinlich, dachte Joseph Ferdinand, kennt *man* den bedeutenden Artisten Herkules. Womöglich einer, der Löwen bändigt. Vielleicht hat seine Ankunft in der Kurzeitung gestanden. So berühmte Artisten sind oft so empfindlich wie unverheiratete Herzoginnen oder wie Erzbischöfe, wenn man sie nicht erkennt.

»Sie sind... ja natürlich«, sagte Joseph Ferdinand, »der Herr Herkules, von dem die Welt spricht. Der mit... mit den Löwen? Meine Hochachtung.«

Herr Herkules sagte immer noch nichts. Seine Miene verriet Grimm. Mit geschlossenem Mund brummte er aber die Melodie des Liedes mit – wieder ›Erinnerungen an Herkulesbad‹, offenbar war die Kapelle angewiesen, es so oft wie möglich zu spielen:

»Akkurat wie im Traum kommt's mir vor, / Daß ich dich gänzlich verlor, / Du mein entschwundenes Glück, / Kehr zurück, kehr zurück...«

Es kam der getragene Mittelteil:

»Denkst du der Stunden, / Die wir in Herkulesbad waren...«

Erzherzog Joseph Ferdinand brummte mit. Der Wind fuhr auf, der Lorbeer rauschte und übertönte die ferne Musik. Herr Herkules öffnete den Mund und sang laut:

»– Heiß wie die Quellen / Hab ich dich geküßt –«

Er hatte eine schöne Baßstimme. Joseph Ferdinand erlaubte sich, mitzusingen, allerdings leiser.

Es war nur ein kurzer Windstoß. Die Luft beruhigte sich wieder, der Lorbeer raschelte noch ein wenig und wurde dann auch wieder unhörbar. Die Musik wandte sich dem ersten Teil »Sehnsucht und Verlangen... etc.« zu.

»Wissen Sie«, sagte der fremde Herr wieder mit der ersten Freundlichkeit, »ich halte Ihnen Ihre Jugend zugute und daß Sie noch nichts gesehen haben von der Welt und noch nichts für Ihre Unsterblichkeit getan haben.«

»*Man* hat«, der Erzherzog betonte das unbestimmte Pronomen, »man hat bereits für meine Unsterblichkeit gesorgt. Ich hätte es gerne selber getan.«

»Es ist schön, was Sie sagen. Ich frage nicht, was Sie sonst noch sind, aber denken Sie daran, es wird Ihnen immer eine Lehre sein: Ich halte Ihnen Ihre Jugend zugute, und so fort: ich bin nicht Artist, auch ist nicht nur mein Vorname Herkules und sonst wie: ich bin Herkules, *der* Herkules, Sohn des Zeus und der Alkmene, königlicher Prinz von Tiryns sowie Halbgott, als Urenkel des Perseus rechtmäßiger Prätendent des Thrones von Argos ...«

Der Erzherzog schüttelte ein paar Mal rasch seinen Kopf und zwinkerte mit den Augen. Der Fremde saß da, als gehöre es so, daß fremde Götter in Sommeranzügen auf Parkbänken sitzen.

»Falkensteyn«, sagte dann der Erzherzog, deutete eine kurze Verbeugung an und erhob sein Gesäß für einen Augenblick von der Bank, »Graf Marzellin Falkensteyn, bin untröstlich, daß ich es unterlassen habe, mich vorzustellen, und daß ich Königliche Hoheit nicht erkannt habe.«

»Lassen Sie die Königliche Hoheit fort, lieber Graf, es soll gut sein; ich bin inkognito hier, und ich sollte froh sein, daß man mich nicht erkennt. Ich bin hier unter dem Namen eines Barons Coriandoli –«

»– mit Gattin und Diener …«

Herkules, der fremde Herr, lachte:

»Ja, Sie wissen es; mit Gattinnen und Diener.«

»Dann muß ich Ihnen aber doch –« sagte Joseph Ferdinand.

»Verzeihen Sie«, sagte der Halbgott, »aber der Wind beginnt die Abstände zwischen seinem Aufbrausen zu verkürzen. Die Kurkapelle hat aufgehört zu spielen. Es wird sehr ungemütlich. Begleiten Sie mich, Sie und Ihr – Herkules.«

»Gern.«

»Aber was wollten Sie sagen?«

»Ich weiß nicht, ob es richtig wäre, auch Ihnen jetzt die Wahrheit vorzuenthalten …«

»Worum geht es Ihnen? Heißt Ihr Hund gar nicht Herkules?«

»Um *meinen* Namen geht es. Auch ich bin hier inkognito.«

»Sie sind gar kein Graf, junger Freund?«

»Ich bin Joseph Ferdinand.«

»Das sind Ihre Vornamen?«

»Ich habe keinen rechten Familiennamen, er ist wohl: Österreich. Ja, ich bin der Erzherzog und Thronfolger. Sind Sie mir böse?«

»Aber Euer Liebden, unter Vettern.«

Eingefaßt von hohen Lorbeerbüschen und niedrigerem Taxus, zog sich der Weg in sanften Windungen zu dem Ufer der Cenna hinunter. Gelegentlich weitete sich die Promenade zu natürlichen Lauben, in denen steinerne Bänke und Gipsabdrücke berühmter antiker Statuen standen. Gips verwittert rasch, weshalb die Statuen im Herbst von der Kurverwaltung ins Depot geräumt wurden. Einige waren schon weg, denn die Saison neigte sich bereits dem Ende zu.

Schon in der ersten Laube, zu der die beiden Hoheiten kamen, stand nur noch der leere Sockel mit der Aufschrift: LAOKOON. Auf der Bank vor dem Sockel saßen einige Herrschaften, durchwegs die Herren in legerem Lister, nur einer in Uniform eines ungarischen Garde-Leutnants, die Damen in Muff und Nachmittagspelz, aber ohne Schleier und mit großem Hut. Eine der Damen sprach mit dem Leutnant.

»Ich begrüße Sie, ich habe die Ehre«, sagte Herkules, der Fürst, denn einer der Herren, eine elegante Erscheinung mit gepflegtem Schnurrbart, hatte gegrüßt. Herkules zog seinen schwarzen Hut und schwang ihn bis weit hinters Gesäß.

Auch Joseph Ferdinand zog seinen kreisrunden Strohhut. Die Dame, die neben dem gegrüßten Herrn saß, nickte. Sie zog ein schmerzliches Gesicht. Der Erzherzog hätte gemeint, sie wäre in einer unangenehmen Auseinandersetzung mit dem Herrn begriffen, aber sie mußte nur in ihr äußerst kunstvoll besticktes Taschentuch niesen, was den Herrn veranlaßte, aufzuspringen und sich zu verbeugen. Die Dame schnaubte kurz nach und hob dann einen schelmischen Blick zu dem Herrn. Der versicherte ihr durch Gebärden, daß er kaum zu trösten sei, und schlug durch eine entschiedene Geste mit beiden Händen vor – in der einen hielt er den Hut, in der anderen den Stock –, den Platz zu verlassen.

Die Dame willigte ein, raffte mit der Rechten ihr Kleid oberhalb dem Knie und senkte den Kopf. Der Herr fächelte sich, nachdem er der Dame den Arm gereicht, mit dem Hut das Gesicht. Aber als das Paar sich anschickte, die beiden Fürsten zu überholen, setzte der Herr rasch den Hut auf, um ihn dann vor Herkules ebenso elegant wie der und weit hinter das Gesäß zu schwingen.

»Der Herr, dem wir eben begegnet sind, ist Mr. David Algernon Hamilton, ein lyrischer Dichter, er besingt unter anderem mich: in schottischer Mundart. Die Dame ist seine geschiedene zweite Frau, mit der er seine gegenwärtige dritte hintergeht – du hörst nicht zu?«

»Verzeih, ich suche meinen Hund.«

»Du mußt schreien, wenn du willst, daß er kommt.«

»He –« rief der Erzherzog, »heda! heda!«

»Hört dein Hund auf diesen Ruf?«

»Ich glaube nicht. Aber ich weiß: er hat sich dem Mops genähert, den jene Dame mit dem Leutnant auf dem Schoß gehabt hat – das heißt: nicht der Leutnant...«

»Herkules!« schrie Herkules, der Held mit der Stimme seines Vetters Stentor, und Herkules, das

Ardeschir-Babegan-Windspiel, kam sogleich gesprungen und sprang – gestreichelt – weiter zur nächsten Laube, in der – als Statue – Europa mit dem Stier stand.

»Eine Base, eine entfernte Base von mir, lieber Graf Falkensteyn«, sagte Herkules. Auch hier saßen Kurgäste, Herren und Damen in eleganten Haltungen. »Sie gehört«, erklärte der Held genau, »der achten, ich der zwölften Generation nach Uranos und Gaia an. Mein Großvater Elektryon – Vater meiner Mutter – war ein Sohn des Perseus und der Andromeda – die Geschichte kennst du? – Perseus aber wiederum ein Sohn des Kepheus und der Kassiopeia. Kepheus' Vater jedoch (Belos) und der von Europa (Agenor) waren Brüder, Söhne des Poseidon und der Libye.«

»Aha«, sagte Joseph Ferdinand.

»Ja, oder aber: sie, Europa, ist meine Urgroßnichte.«

»Unglaublich!«

»Nein, nein, siehst du: ich bin, als Sohn des Zeus und der Alkmene, ein Stiefbruder des Apis oder Epaphos, der aus dem – aus der Verbindung meines Vaters mit Io, der Kuh, du weißt – hervorgegangen ist. Apis aber, vermählt mit Memphis, Tochter des Nil, wurde Vater der Libye, durch deren Ehe mit Poseidon Großvater des Agenor, und der war, wie gesagt, Vater Europens. – Abgesehen davon, daß Agenor natürlich auch mein direkter Vetter ist, als Sohn des

Poseidon, der ein Bruder meines Vaters war, beides Söhne des Kronos und der Rhea.«

»Zuhöchst interessant.«

»Nun ja, für uns, die wir Verständnis haben für die Zusammenhänge von Ahnen und Verwandtschaft. – Europa gehörte der fünften, siebenten und achten, ich gehöre der vierten, siebenten und achten, aber auch der zwölften, dreizehnten und fünfzehnten und siebzehnten Generation nach Uranos und Gaia an. Eine Merkwürdigkeit, die sich daraus erklärt, daß immer wieder mein Vater Zeus es war, der sich in den verschiedenen Generationen –... hm, hm... wie soll ich sagen... eingeschaltet hat: bei Io, bei Danae, bei Alkmene...«

»Ein wackerer Mann!« Der Erzherzog lachte.

Der alte Fürst Herkules faßte den jungen Prinzen wie ein Freund um die Schultern. »Ich nicht weniger! Hahaha! Schließlich habe auch ich mich in einigen Generationen eingeschaltet: bei Deianeira, bei Megara, bei Auge, bei Chalkiope und bei der guten Astyoche. Du kennst die köstliche, wenngleich blutige Verwirrung, die dadurch zwischen meinen Söhnen und Enkeln vor Troja entstanden ist. Nun, aber ich habe auch die Absicht, mich in einer viel jüngeren Generation einzuschalten.«

»Hahaha«, lachte Joseph Ferdinand.

»Du kennst die Gräfin Cilley?«

»Die Hofdame meiner Frau?« Joseph Ferdinand blieb stehen.

»Lieber Freund!« Herkules, der Held und Fürst,

schlug einen Ton an, der erkennen ließ, daß er etwas Längeres zu erklären hatte. »Du hast bemerkt, daß ich keineswegs überrascht war, wie du mir sagtest, du seist der Erzherzog-Thronfolger von Österreich …«

»Nun – ja.«

»– eben weil es keine Überraschung war: ich wußte es, als ich mich dir näherte.«

Es begann der gepflegte Teil des Parkes. Die Pinien und der Taxus wurden seltener. Immer öfter unterbrachen den Lorbeer Ausblicke auf weite, kunstvolle Blumenbeete, auf Springbrunnen und auf den jetzt verlassenen Musikpavillon.

»Die Gräfin Cilley –« nahm Herkules seine Erklärung wieder auf, »du wirst dich vielleicht wundern, daß ich in meinem Alter –«

»Ein wenig –«

»Du mußt immer bedenken: ich bin Halbgott.«

»Stimmt, stimmt.«

»Siehst du, und von dem Standpunkt der Unsterblichkeit aus hat das Panorama des Lebens ein ganz anderes Gesicht. Für euch Sterbliche gibt es zwei Arten des Lebens: das Leben mit Gott und das Leben ohne Gott. Das Leben ohne Gott ist die bekannte al fresco Malerei: der gelebte Moment scheint unwiederbringlich, das gelebte Leben ist in jeder Sekunde fertig und läßt sich nicht retouchieren. Die al fresco Malerei ist eine Technik für Meister, und für sie ist vor allem die Allwissenheit des Kommenden, also ein unverrückter Plan, erforderlich. Da aber einmal alle Menschen als Dilettanten zur Welt kommen – nur ich selbst habe bereits in der Wiege die bekannte Schlange erwürgt –, vermögen Atheisten aus ihrem Leben höchstens ein Stückwerk von gelungenen und mißratenen Augenblicken zu machen. – Das Leben mit Gott ist unendlich komplizierter, denn es erfordert einen Sinn; es ist zu kompliziert. Wir können später darüber reden, vielleicht.

Ich selbst bin, wie bereits angedeutet, als Meister geboren. Mein Lebensweg ist von Anfang an ein vollendetes Kunstwerk, zwar mit Scheußlichkeiten, aber ohne Fehler. Du schließt daraus, wenn du mir vorhin zugehört –«

»Aber gewiß habe ich zugehört –«

»– gut, lieber Freund: du schließt daraus, daß ich Atheist bin. Über die Frage, ob ein Halbgott, wie ich es bin, Atheist sein kann, ist wohl noch zu wenig nachgedacht worden. Man hat sich gewöhnt, darüber hinwegzugehen.«

»Du wolltest von der Gräfin Cilley sprechen.«

»Sehr wohl; mein Leben ist eine Verbindung von: mit und ohne Gott leben. Ein Atheist, der unsterblich, also nicht der Zeit unterworfen, ist ein idealer Atheist. In gewissem Sinn zu sagen: bei mir ist die al fresco Technik ad absurdum geführt; zwar ist mein Lebensbild vollendet, wird aber nie vollendet werden.«

»Die Gräfin Cilley!«

»Sofort, sofort, gleich komme ich auf sie zu sprechen...«

»Nein, dort geht sie auf uns zu.«

»O Gott! Stell' mich vor, ich bitte. Als Baron Coriandoli.«

»Kaiserliche Hoheit«, die Gräfin sprach leise, aber erregt, »wo kommen Sie her, wie sehen Sie aus, sind Sie allein?«

»Wie Sie sehen, bin ich nicht allein: das ist Herkules, Baron de Coriandoli.«

»Gut, gut –«

»Gräfin, seien Sie nicht unhöflich gegen meine Freunde; ich sagte: Dies ist Herkules, Baron de Coriandoli.«

»Wo?«

»Hier neben mir. Haben Sie keine Augen?«

»Sie haben Ihren Hund geadelt? Reichen Sie mir Ihren Arm, Kaiserliche Hoheit, stützen Sie sich auf mich.«

»Ich stütze mich auf meinen Freund Herkules, den Baron de Coriandoli, dem Sie es nicht für der Mühe wert halten, guten Tag zu sagen. Wo er Sie – darf ich es verraten, lieber Freund? – ganz außerordentlich schätzt.«

»Verehrt«, sagte Herkules.

»– verehrt«, wiederholte Joseph Ferdinand.

»Guten Tag«, die Gräfin machte einen Knicks. »Sind Sie zufrieden? Wo aber ist Ihre Frau und wo ist Graf d'Evreux?«

»Oh Himmel«, sagte Joseph Ferdinand zu Herkules, »die beiden habe ich ganz vergessen. Sie haben mich auf die Promenade begleitet und sind dann ein Stück weitergegangen. Ich habe versprochen, brav auf der Bank dort zu bleiben. Ich habe es wirklich ganz vergessen. Die Begegnung mit dir, lieber Herkules, war aber auch ganz außerordentlich.«

»Ich werde Sie, Kaiserliche Hoheit, auf Ihr Zimmer bringen.«

»Ich denke, ich finde selbst hin. Suchen Sie lieber meine Frau und d'Evreux. Baron Coriandoli wird Sie begleiten.« Joseph Ferdinand gab Herkules ein heimliches Zeichen mit den Augen: »– bis zum Laokoon, seinem Vetter.«

»Gut«, sagte die Gräfin Cilley, »aber vorher werden Sie doch Ihrem Freund ein Glas Slibowitz anbieten wollen?«

»Na ja, selbstverständlich, gehen wir ins Hotel. Gräfin, nehmen Sie den Arm meines Freundes und gehen Sie voraus!«

Durch die große Wandelhalle, in der sich zu dieser bereits kühlen Stunde des frühen Abends die Menge der Kurgäste einfand, um die Promenade vor dem Abendessen unter Dach fortzusetzen, erreichten sie das Hotel. In der Wandelhalle begann der Erzherzog zu singen:

»Die Wandelhalle, / War unsre liebe Bahn, / Du, aber du, denkest nicht mehr daran«, und weiter die fortgesetzten Strophen der ›Erinnerungen an Herkulesbad‹. Einige Strophen dichtete er am Ende selbst hinzu.

Von diesem Tag an war Erzherzog Joseph Ferdinand wieder bettlägerig. Aber Fürst Herkules, oder: der Baron Coriandoli, blieb bei ihm, und wenn Joseph Ferdinand ihn manchmal nicht sehen konnte, so war es, weil der Erzherzog wieder von den Anfällen seiner Augenschmerzen geplagt wurde. Beim ersten Mal aber, als er den Freund Herkules nicht mehr sehen konnte, hatte er laut gerufen: »Herkules, Herkules, verlaß mich nicht! Bringt mir meinen Herkules.« Die Gräfin Cilley brachte daraufhin den Hund Herkules, das Ardeschir-Babegan-Windspiel ins Zimmer, Fürst Herkules aber lachte und beruhigte ihn.

Später, als die Blindheit des Erzherzogs oft Tage hindurch dauerte, und als die Stunden, in denen er sehen konnte, bereits sehr selten geworden waren, stand Fürst Herkules oft am Fenster und erklärte seinem Freund, wie sich die Landschaft, der Blick aus dem Fenster darbot. Herkules erzählte von der geheimnisvollen, herbstlichen Blüte des Weißdorns von Mehadia, von der Verlassenheit des Kurparks, vom grauen Himmel über dem Taleinschnitt, wo jenseits die Donau durch das Eiserne Tor in das Königreich Rumänien fließt, oder von dem herbstlichen Wetterleuchten im Norden über der hohen Porta Orientalis, die ins alte Ungarn führt. Er erzählte von Vorgängen, die sich jenseits dieser Pforte abgespielt hatten: vom Rücktritt des preußischen Landwirtschaftsministers von Heyden (im Zusammenhang mit der Affäre Eulenburg) oder aber am Allerheiligentag vom plötzlichen Tod des Zaren Alexander des Dritten. Häufig unterbrach Herkules, der Fürst, seine Erklärungen mitten im Satz, und Joseph Ferdinand richtete sich sofort auf:

»Herkules, wo bist du, warum redest du nicht weiter?«

»Horch«, antwortete Herkules dann leise, »deine Frau spielt auf dem Klavier. Ich öffne das Fenster.«

Und dann hörten sie, solange Beatrix spielte, den Walzern von Chopin zu, den Nocturnes und Fantaisies oder dem neuen Lieblingsstück der Erzherzogin: der schmerzlich-heroischen Phantasie in C-Dur, die Träne des Helden in der Verlassenheit, endlos wie die Steppen, die ›Wanderer-Phantasie‹ von Schubert. Erschien das Thema des Liedes, nach dem die Phantasie genannt ist, so richtete sich der Erzherzog auf und sagte: »Ach, Herkules, ob ich ihr jemals wieder die Noten werde umblättern können?«

»Ich glaube es nicht«, gab er sich selber zur Antwort, »außerdem spielt sie es auswendig.«

Dann legte er sich in seine Kissen zurück und verlangte nach dem doppelten Eisbeutel, der ihm auf die Augen gelegt wurde. Oft unterbrach Joseph Ferdinand selbst den Freund Herkules mitten im Satz. Geistliche Lieder wollte er dann im Duett mit ihm singen, vor allem die ›Deutsche Messe‹ von Michael Haydn: »Hier liegt vor Deiner Majestät / im Staub die Christenschar«, oder das Schlußlied dieser Messe: »Laß uns in Frieden gehen…«, wobei Joseph Ferdinand nie vergaß, auf die Parallele der Melodie mit dem Thema aus dem

Final-Satz der ersten Symphonie von Brahms hinzuweisen. Fürst Herkules sang, ohne mit der Wimper zu zucken, die christlichen Texte. »Im Halb-Gott ist alles halb-göttlich«, pflegte er zu sagen. Manchmal sang die Gräfin Cilley als dritte mit.

Nach einiger Zeit entdeckte Joseph Ferdinand die Kraft in sich, die Dinge, die um ihn waren, zu verwandeln. Zwar konnte er sie, verwandelt oder unverwandelt, nicht mehr sehen, aber deutlich spürte er zum Beispiel, daß aus seinem Federbett eine Wolke geworden war – eine relativ leichte Umwandlung, die erste, die ihm gelungen war – oder aus seinem Eisbeutel eine Nachtigall, die lieblicher sang als die Gräfin Cilley. Die Gräfin aber verwandelte der Erzherzog durch einfache Berührung in einen Busch von Ginster oder in den leuchtenden Mond.

»Sieh, Herkules«, sagte er danach, »sie ist der Mond durch meine Kunst. Denn du bist schließlich auch ein Sternbild am nördlichen Himmel, zwischen Krone und Schlange...«

Oder er verwandelte den jungen Neffen der Gräfin, den Stiefbruder des Oberstleutnants, den schönen Grafen Ganymed d'Evreux, Hospodar von Baila, in Verkennung der mythischen Zusammenhänge in einen Adler.

Es wäre beinahe zu einem Zerwürfnis zwischen Joseph Ferdinand und seinem Freund Herkules gekommen, weil der Adler Ganymed seine Tante Cilley, die um diese Zeit gerade eine Kröte war, anfiel: Joseph Ferdinand sperrte daraufhin den Adler in einen beinernen Käfig, die Gräfin verwandelte er aber aus der Kröte in eine Schildkröte, damit sie etwas geschützter wäre. Die Ardeschir-Babegan-Windspiele verwandelte der Erzherzog in blühende Jasmin-Büsche, die sein Bett umstanden, so daß nicht nur ihr Duft ständig den kranken Fürsten umgab, sondern auch der Schein ihrer gelben und weißen Blüten selbst in die geschlossenen und von Eisbeuteln bedeckten blinden Augen des Erzherzogs drang. Später aber verließ den Erzherzog die Freude am Verwandeln der Gegenstände, weil er zu schwach geworden war.

»Es ist mir, lieber Herkules, als säße in meinem Kopf ein Tier, ein Polyp, der seine langen Fangarme allmählich hinab in den ganzen Körper streckt, oder eine Spinne, die einen Gang des Gehirns nach dem anderen abbindet und vergiftet. Du wirst sehen, Herkules, wenn ich gestorben bin, und man obduziert mich, so werden merkwürdige Dinge aus mir herauskommen.«

»Lieber Joseph Ferdinand«, sagte Herkules, »ich kann nicht verstehen, wie man ans Sterben denken kann.«

»Du bist unsterblich, lieber Freund.«

»Auch du, Joseph Ferdinand, auch du hättest unsterblich sein können. Als ein Dichter.«

»Für mich war eine ganz andere Art von Unsterblichkeit vorgesehen. Gewiß war ich ein Dichter, so gut wie jener Louis Ferdinand ein Musiker war; aber seit dem Unglück von Meyerling, in dem mein Vetter Rudolf zu Grunde gegangen ist... ich hätte als Kaiser unsterblich werden sollen. – Werde ich noch Kaiser sein, Herkules?«

»Ich weiß es nicht.«

»Wie geht es dem Kaiser, meinem Onkel?«

»Sehr gut, soweit ich es weiß.«

Joseph Ferdinand, der im Lauf des wiedergegebenen Gespräches immer mehr sitzende Haltung eingenommen hatte, legte sich in seine Kissen zurück.

»Wer, Herkules, wird nach meiner Erzherzog-Thronfolger?«

»Zunächst dein jüngerer Onkel Carl Ludwig, wer weiß aber, ob ihn nicht der Kaiser überlebt.«

»Und danach?«

»Dein Vetter Franz Ferdinand.«

»Er wird Kaiser werden?«

»Was weiß ich, lieber Bruder, und was kümmert es dich. Ich trete jetzt ans Fenster. Soll ich es öffnen?«

»Gern.«

Herkules öffnete das Fenster.

»Riechst du, lieber Erzherzog, den Taxus und den Lorbeer?«

»Nein, der Duft meiner sechs Ardeschir-Babegan-Bäume ist stärker als jeder Taxus und Lorbeer.«

»Es ist Abend. Der Himmel im Osten ist schon entfärbt, der Mond steht, kaum erst sichtbar, so hell ist noch der Himmel, über dem Musikpavillon.«

»Die Gräfin Cilley ist der Mond.«

»Die Gräfin Cilley hast du in eine Schildkröte verwandelt, lieber Vetter, so daß ich mich ihr nicht nähern und mich in ihre Generation einschalten kann.«

»Ich werde dich auch in eine Schildkröte verwandeln.«

»Wo denkst du hin. Den Herkules, Fürsten von Tiryns und Thronprätendent von Argos, Baron de Coriandoli und Sternbild am nördlichen Himmel zwischen Krone und Schlange: in eine Schildkröte.«

»Wo ist die Schildkröte Gräfin Cilley?«

»Sie ist eben fortgekrochen.« –

Allmählich verlor der Erzherzog nicht nur die Freude an den Verwandlungen, er verlor auch die Macht dazu. Die Dinge verzauberten sich bald ohne sein Zutun von selbst. Oft war er nun in einer Kirche – Joseph Ferdinand betete laut und sang die erwähnten frommen Lieder –, oft war er in Schlössern, bekannten und unbekannten, auch das Belvedere war darunter. Er saß im Garten auf verschiedenen Bänken. Er saß in der Oper und hörte den Walzer ›Erinnerungen an Herkulesbad‹. Oft war er auch gezwungen, selbst diesen Walzer zu singen, unter unglaublichem Beifall des Publikums. Oft aber saß er in seinem Zimmer im Belvedere und hörte, wie Beatrix Stücke von Chopin, von Schumann oder von Schubert spielte. Er konnte die Erzherzogin nicht mehr sehen – d'Evreux, ein riesenhafter Gecko, verhinderte es, aus Rache wahrscheinlich für die Verwandlung seines Stiefbruders.

Überall hin begleitete ihn Herkules, der Treue, Baron Coriandoli, der Held; er trug in seinen mächtigen Armen die sechs Jasmin-Büsche im Flug von einem Ort zum anderen, dazu den Käfig mit dem Grafen Ganymed und die Gräfin Cilley, die Schildkröte. Er verwehrte als Held auch dem Gecko d'Evreux freche Übergriffe, und endlich füllte er stets die Eisbeutel für die Augen Joseph Ferdinands nach. Der Erzherzog hätte auf die Hilfe seines Freundes nicht mehr verzichten können. Dennoch gab es gegen Ende des bereits schwindenden Herbstes einen Weg für den Erzherzog, den er ohne Herkules begehen mußte. Ohne zu wissen, welche Schwierigkeiten es haben werde, folgte ihm Herkules zunächst, bepackt mit den Jasmin-Büschen und dem Käfig mit dem Grafen Ganymed und so weiter.

»Halt!« rief eine Stimme, als die beiden eintreten wollten.

»Was ›Halt‹«, sagte Joseph Ferdinand, »wer will mir verbieten, hier einzutreten?«

»Niemand verbietet's dir«, rief die Stimme weiter, «aber hier herein sollst du *alleine* kommen.«

»Es ist dies aber mein Freund Herkules, ohne den ich hilflos bin.«

»Freund hin oder her«, rief die Stimme, »wir sind hier tout entre nous; außer Unsereinem kommt hier niemand herein.«

»Es ist grausam, mich zu zwingen, es auszusprechen: ich bin blind, Herkules muß mich führen.«

»Hier herinnen«, rief die Stimme, »ist es so stockfinster, daß dein Herkules selber geführt werden müßte, und blind sind wir alle, in Ewigkeit.«

»In Ewigkeit – – –« wiederholten einige Männer-, Frauen- und Kinderstimmen.

»So mußt du denn draußen bleiben, lieber Herkules«, wandte sich Joseph Ferdinand an seinen Freund, »warte hier auf mich.«

»Kommst du wieder?«

»Ja, diesmal komme ich noch wieder. Führe mich an die Tür.« Herkules führte den Erzherzog an die Tür. Der junge Fürst stieg hinab.

»Man erzählt sich von meiner Urgroßmutter Maria Theresia, sie wäre an einem Seil – zu ihren Lebzeiten, versuchsweise – hier herabgelassen worden. Durch die enge Pforte wäre sie nicht mehr durchgekommen, weil sie schon ein wenig korpulent geworden war.«

Joseph Ferdinand stieg einige Stufen weiter hinunter und war für Herkules kaum mehr sichtbar.

»Der letzte, den sie hinuntergetragen haben, war mein Vetter Rudolf, im sechsundachtziger Jahr. Hörst du mich noch, lieber Freund Herkules?«

»Ja«, sagte Herkules, »sei nur beruhigt.«

»Warte auf mich –« sagte Joseph Ferdinand noch und stieg dann vollends hinunter.

»Gott! Welches Dunkel hier! – Nichts lebet außer mir!« sagte der Erzherzog, aber die grausenvolle Stille wurde sogleich unterbrochen. Ein Choral aus drei Liedern empfing ihn, gesungen von den vorhin schon erwähnten Stimmen in Form eines Quodlibeticums:

»Ecce quomodo ...« sangen die einen, dazu die anderen: »Leb' wohl du warmes Sonnenlicht«, die dritte Gruppe aber »An der schönen blauen Donau«.

»Es wird wohl erwartet, daß ich mitsinge«, dachte Joseph Ferdinand.

»...pueri haebreorum, portantes ramos olivares...« und »...schon sinkt die Nacht hernieder, aus der so schnell kein Morgen bricht...« und »...Donau so blau, so blau, so blau...« Joseph Ferdinand wußte den Text keines der Lieder. So begann er leise »Akkurat wie im Traum kommt's mir vor, Daß ich dich niemals verlor...«

An der Stelle aber, wo es hieß: »Denkst du der Stunden, die wir in Herkulesbad waren...«, hörten die anderen zu singen auf, und Joseph Ferdinand hob ganz allein seine Stimme, so gut es ging, und unterbrach selber die grausenvolle Stille.

Beifall erhob sich, als er geendet hatte, und nur ein »Bäh-bäh...« wollte nicht in den Applaus passen. Es kam vom Erzherzog Leopold Johann, dem allzu früh verstorbenen Bruder der Maria Theresia.

»So ist er also herenten, der liebe Ur-Herr-Enkelsohn«, rief jetzt ein strenger Baß, »wird sich vielleicht mit etlichen Umständen noch ein Platz dafür finden lassen.«

»Gehn S', Großpapa, is eh' no' g'nug Platz, mehr als wie g'nug«, sagte Kaiser Joseph der Zweite drauf im gemilderten Wienerisch, weil er schon auf der hiesigen Welt so liberal gewesen war.

»Wir werden es heruntermaßen nicht an Obsorge für Ihn ermängeln lassen, necessariter«, rief weiter der strenge Baß. Es war die Stimme Caroli des Sechsten, der schon immer eine Vorliebe für das Zeremoniell-Spanische gehabt hatte.

»Und was gibt's Neues?« sagte eine helle weibliche Stimme.

»Oh«, sagte der Erzherzog Joseph Ferdinand, »der deutsche Reichskanzler ist zurückgetreten, der General Caprivi, wegen der Eulenburg-Affäre, und der Zar Alexander von Rußland ist gestorben.«

»Nein – was, mein alter Freund«, erhob sich ein näselnder Tenor, der bisher noch nicht zu hören gewesen war.

»Aber woher, Franzl«, eine weitere weibliche Stimme wies den näselnden Sprecher gelangweilt zurecht, »dein alter Freund Alexander ist zehn Jahre vor dir gestorben. Der jetzt ist dem sein Enkel, der dritte Alexander.«

»Ja – richtig.«

»Ehe vor Uns aber die Frage molestiren soll, wohin Er zu legen sey«, begann wieder Carolus der Sechste, »hat Er denn überhaupt schon die Operatio hinter Sich?«

»Welche Operation«, sagte Joseph Ferdinand, »bin ich denn krank?«

»Zeit Unserer reliquierend hier heruntermaßen befindlicher Leiblichkeit, will sagen: seit Wir hier entumbiret Uns sehen, was guter hundertfünfzig Jahr her ist, und weil direct rechts neben dem Eingang – stili militari gesprochen – Wachtpöstendienster oblegend, hat noch jeder Habsburgicus, so zu Uns gekommen, wie Er gefragt: ›Bin ich denn krank?‹ – Kennt Er nicht«, der Kaiser drehte sich, der Erzherzog hörte es deutlich, in seinem Sarg ein wenig in die bequemere Lage, »kennt Er nicht bewußte Loretto-Capelle in der Augustiner-Kirchen?«

»Ja, dort habe ich geheiratet.«

»Ecce. Er ist schon verheurathet. Mit Wem denn?«

Eine hohe Stimme kam aus einem schlichten Sarg, mehr von links: »– mit Beatrix von Modena.«

»Das war bewußte Gräfin Fuchs-Mollardt«, erklärte der Kaiser Carolus, »welch ursach der gnädigen Werth-Ästimierung und Patronanz der meinigen Frau Tochter Maria Theresia, von Der die Erzieherinn dermaligermaßen sie gewesen, als einzige Person nichthabsburgischer Aszendenz hierhero befindlich die Gnaden zu seyn erfahren hat. Weiß Selbige alles, was ist, was war, und was kömmt.«

»Leider«, seufzte die Gräfin.

»Erschröcklichermaßen eine Unken«, sagte Carolus der Sechste. »Um jehin auf obig ventilirte Operatio zurückzukehren: Er kennt, meynen Wir, das ›Herz-Grüftl‹ hinter erwähntem Loretto-Altari?«

»Nein«, rief Joseph Ferdinand, was aber nicht bedeutete, daß er den bezeichneten Ort nicht kannte. »Nein! Ich lasse mir das Herz nicht herausnehmen.«

»Merk's, merk's. Er wird Sich das Hertz herausoperieren lassen, wie Alle Hapsburgices sterbenslang hinauff biß auff Unsrigen hochmögenderehabenen Oheimb, den Kayser Matthiam...«

Matthias, weiter rechts liegend, in der leopoldinischen Gruft, äußerst harthörig schon und stets geistesabwesend, hörte seinen Namen nennen und glaubte, es wäre eine Aufforderung zum Singen: »Quemadmodum desiderat cervus ad fontes aquarum, ita desiderat anima mea...« begann er, unc nacheinand, dieser Autorität folgend, fielen die älteren Kaiser und Fürstlichkeiten, etwa bis zu Joseph dem Ersten, in den Gesang ein:

»...ita desiderat anima mea ad te...«

»Nein, aber nein! Ich will eine Ausnahme, mein Herz geb ich nicht her.«

»Verheb Er sich nicht sperrigermaßen, wo so ein Hertz nichts mehrers ist wie –«

»Nein, abermals und wiederum nein!«

»...wie, modo medicini gesprochen, Muscules, nichts Werth, umb so Wenig desto ender als

Keynerley Consideration für fromme oder welthliche Geschichten darinn ist.« Kaiser Carolus der Sechste seufzte, in Gedanken an seine eigenen seinerzeitigen frommen und auch weltlichen Empfindungen. »Nein, und nein«, schrie Joseph Ferdinand und suchte mit den Händen das Geländer, um die Gruft wieder zu verlassen.

Die jüngeren Majestäten, Erzherzöge und Herzöge, bis inclusive der Herzog Napoleon von Reichstadt, begannen jetzt wieder zu singen:

»Schenk Uns, Erlöser, Deine Huld, vergib Uns Unsre Sündenschuld!«

»In Spiritus –« hörte Joseph Ferdinand Carolus den Sechsten noch sagen, »– ins Herzgrüftl', – alle Hapsburgices seit Kayser Matthiam ...«

»Donau so blau, so blau, so blau –« fingen alle übrigen Hoheiten endlich an, und es ergab sich wieder der feierliche Cantus in Form eines Quodlibeticums von vorhin.

Joseph Ferdinand aber hatte das Geländer gefunden und in aller Hast, die ihm möglich war, und dennoch wie mit Bleifüßen an der untersten Stufe hängend, versuchte er sich die Treppe hochzuziehen: »Nein, nein! ich gebe mein Herz nicht her!«

»Sie brauchen es nicht herzugeben, Lieber.«

Der Cantus der Fürstlichkeiten war mit einem Male verschwunden.

»Herkules, Du?«

»Sie werden mich doch nicht mit Ihrem Hund verwechseln.«

»Beatrix?«

Joseph Ferdinand spürte, wie ihm der Eisbeutel gewechselt wurde und von einer zarten Hand das Haar aus der Stirn gestrichen.

»Ja, Lieber, ich bin es.«

Mit einem Kamm aus Schildpatt kämmte Beatrix dem Erzherzog den Bart, und lang, nachdem es nicht mehr notwendig gewesen wäre, und jedes Barthaar längst gerade und an seiner Stelle, kämmte sie langsam und vorsichtig weiter.

»Sie brauchen Ihr Herz nicht herzugeben. Ihr Herz gehört doch mir?«

»Ja, mein Herz gehört Ihnen.«

Vorsichtig und langsam, mit ihrer zartesten Hand kämmte die Erzherzogin den Bart Joseph Ferdinands, den etwas rötlichen Bart, der aber jetzt in der Dämmerung so erschien, als wäre er schwarz; bis in die beginnende Nacht hinein saß Beatrix Antonia Bathilda, Erzherzog-Thronfolgerin von Österreich-Ungarn und Modena, und kämmte, und kämmte stundenlang den Bart, lang nachdem Joseph Ferdinand bereits gestorben war.

Skaumo

1

Die Stadt Skaumo liegt im südlichen Teil des Landes, der fast noch karger und ärmer ist als der Norden. Wir Nordeuropäer sind gewohnt, die Berge unten bewaldet und oben kahl zu sehen. Hier ist es umgekehrt. Nach Skaumo führt die Straße (die einzige) durch eine felsige Schlucht, die nach oben hin nicht bewaldet wird, das wäre zuviel gesagt, aber mit diesen seltsamen Nadelsträuchern bewachsen ist, die entfernt an zwergenhafte Pinien erinnern. Die Einheimischen nennen diese Sträucher »tos« oder »tols«; ich konnte das Wort nie richtig verstehen. Es ist die Frage, ob diese Zwerg-Piniensträucher nützen oder schaden. In ihnen und nur in ihnen gedeihen die giftigen Zikaden, die für die ganze Gegend hier im Sommer eine Plage sind, und zwar eine so ernsthafte Plage, daß sie von manchen Leuten, sogar von der Regierung als Hauptgrund für die zunehmende Abwanderung der Bevölkerung angesehen wird. Aber ohne die Sträucher verkarstete die Gegend noch mehr, etwas anderes wächst nicht, und immerhin sind sie grün; das heißt im Moment waren sie bräunlich, weil sie zu den Sorten Nadelgewächsen gehören, die im Winter die Nadeln verlieren.

Skaumo sieht man, sobald man die Schlucht auf der im letzten Teil gewunden ansteigenden Straße verläßt. Die Stadt liegt auf einer flach und felsig ansteigenden Hochebene am Horizont gegen den Himmel. Ihre Türme und Zinnen des Kastells heben sich dunkel gegen den grauen Himmel ab. Berge und Hügel sind zurückgetreten. Dahinter ist nichts. Skaumo ist das Ende der Welt. Man versteht, wenn man die Stadt so liegen sieht, diese Legende.

2

Die Stadt Skaumo hat einen äußerst merkwürdigen Grundriß. Sie hat ihre Stadtmitte am Rand, wenn man unter solchen Umständen überhaupt von einer ›Mitte‹ sprechen kann. Die Einheimischen finden das ganz natürlich, denn sie glauben (auch heute noch), am Ende der Welt zu leben. Ich vermute, daß umgekehrt diese merkwürdige Stadtentwicklung der Grund für diese Legende war. Der Haupt- und Marktplatz (»Migâl«) liegt an der Großen Mauer. Rathaus, der ehemalige Palast des Wesirs und die mittelalterlichen Häuser der Kapitäne (»Kawidin«) der Stadt liegen hier. Von hier aus breiten sich die Straßen im Halbrund die flache Felsebene hinab bis zur Kleinen Mauer, die die Stadt einst in einem Halbkreis umschlossen hat. Die Kleine Mauer (eigentlich müßte man sagen: Niedrige Mauer) steht zum Teil heute noch. Der größere Teil wurde kurz nach der Türkenzeit niedergerissen; aber die Stadt hat sich nicht sehr viel weiter über den Halbkreis der Kleinen Mauer hinaus ausgedehnt, und selbst in diesen relativ neuen Vierteln findet man viele verlassene Häuser.

Skaumo hatte durch die Jahrhunderte nur einen Zugang, deshalb nur ein Tor, zur Schlucht hinunter, für die auch heute noch einzige Straße. Das Tor war vermutlich immer schon befestigt. Die Johanniter, die zweihundert Jahre über die Stadt herrschten, bauten um und über die alte Befestigung ihr Kastell. Sie nannten das Kastell und deshalb auch die ganze Stadt »St. Antonius«. Das Kastell ist, anders als die Häuser der Stadt, aus hellen, grünlichen Steinen gebaut, eine große, weit ausladende Befestigung, die auch heute noch in gutem Zustand ist und sogar bewohnt wird, allerdings natürlich nicht von Johannitern. Im Schloß liegt eine sehr hübsche spätgotische Kapelle. Das war die ehemalige Schloßkapelle. Über ihrem Tor zerbröckelt das Wappen des Großmeisters Philibert de Naillac: zwei Leoparden übereinander, und links gewandt, jeder hat die rechte Tatze erhoben. Die Kirche dient dem katholischen Ritus, aber da es schon längere Zeit keine Katholiken mehr gibt, werden keine Gottesdienste mehr abgehalten. Die Kirche verfällt. Als ich sie besuchte, waren bereits alle Fenster zerbrochen, und von den zwei Leoparden des Philibert de Naillac war nur mehr einer – der obere – zu erkennen.

Man kann sich denken, daß dieses mächtige Kastell an der strategisch günstigen Stelle Skaumo zu einer fast uneinnehmbaren Festung gemacht hat. Tatsächlich hat der letzte Johanniter-Gouverneur Girolamo Colonna die Stadt nach dem 1. Januar 1523, dem Tag, als der Großmeister in Rhodos vor den Türken kapitulierte, noch zwei volle Jahre, zum Schluß sogar gegen den Willen des Ordens, verteidigt.

Girolamo Colonna, heißt es in einem alten Bericht, den ich in Skaumo lesen konnte, ein kühner

Condottiere, der auch den Teufel nicht gefürchtet habe, habe im zweiten Jahr der Belagerung, als ein Dürre hereinbrach, alles Wasser erschöpft und sogar die Quelle innerhalb der Stadt versiegt war, den Gedanken erwogen, durch die Große Mauer ein Loch brechen zu lassen und dadurch abzuziehen, und wenn es über die Grenzen der Welt hinaus gewesen wäre. Wie man Girolamo Colonna gekannt habe, heißt es in dem Bericht weiter, hätte er womöglich den gotteslästerlichen Gedanken in die Tat umgesetzt. Ein Regen hat die Stadt aber dann doch noch für ein halbes Jahr gerettet. Erst der – natürliche – Tod des Gouverneurs habe den Verteidigern den Mut gebrochen.

Die Türken, die gar nicht so barbarisch waren, wie in unseren Büchern immer getan wird, haben sich äußerst ritterlich gezeigt. Als sie in Skaumo einmarschierten, lag Girolamo Colonna noch aufgebahrt in der Kapelle. Der Pascha, der das Belagerungsheer befehligte, verlangte unverzüglich, vor seinen toten Gegner geführt zu werden. Er küßte dem Toten nach muselmanischer Art die Stirn, nahm ihm das Ritterschwert aus der steifen Hand und legte seinen eigenen Säbel an dessen Stelle. Später errichtete er ihm in der Stadt ein Grabmal. Ich weiß nicht, ob es noch einen Johanniter-Ritter gibt, der mit einem Türkensäbel in den Händen begraben ist.

Die fast gerade Straße, die, leicht aufwärts führend, etwa drei Kilometer lang, unterbrochen von drei oder vier verschiedenen großen Plätzen, das alte Tor mit dem »Migâl« an der Großen Mauer verbindet, ist die Lebens- und Schlagader der Stadt. Aber diese Bezeichnung ist eher ein Hohn für eine Stadt wie Skaumo. Sagen wir: wenn sich Leben in der Stadt findet, dann in diesem Straßenzug.

3

Wie die ganze Stadt ist auch der Hauptplatz, der »Migâl«, halbkreisförmig. Alle Einheimischen, die ich gesprochen habe – mit Ausnahme des Bibliothekars – haben zwar die Absicht bestritten, aber ich kann mir nicht denken, daß es Zufall sein sollte: der Platz ist so aufgebaut und eingerichtet, als hätte die Große Mauer die andere Hälfte davon abgeschnitten. Die Gebäude – hohe Häuser, aber alle niedriger als die Mauer – ziehen sich im Halbkreis rundum, auch die Bäume, die hier gepflanzt sind, bilden einen Halbkreis von der Mauer zurück zur Mauer. Bäume sind rar in Skaumo. Außer diesen auf dem »Migâl« habe ich nur noch im Garten des ehemaligen Katharinenklosters welche gefunden. Die im Garten sind sozusagen echte Bäume. Die dürftigen Oleanderbäume auf dem »Migâl«, kaum mehr als blühende Besen, wachsen in großen Betonkübeln, die in die Erde eingelassen sind. Man darf nicht vergessen: Skaumo liegt auf einer großen, flach abfallenden schieferigen Steinplatte, fast ohne Vegetation.

In der Mitte des »Migâl« – in der angenommenen Mitte, in der Mitte des Kreises, den es nur zur Hälfte gibt – ist ein großer Stern aus gelbem Stein in das Pflaster eingelassen; die Hälfte eines Sternes, denn auch ihn schneidet die Mauer scheinbar in zwei Teile. Vom »Migâl« führen mehrere Straßen weg: jeweils der Mauer entlang düstere Gassen, eine Straße zum Kastell, die ich schon erwähnt habe, und noch ein paar andere Straßen. Nähert man sich dem »Migâl« von woher man will, sieht man am Ende der Straße, jenseits des Platzes, die Große Mauer aufragen, den Blick abschließen. Sie ist ganz anders als die Mauern des Kastells und die Reste der Kleinen Mauer, aus dunklerem Stein, aus größeren Quadern, gigantisch ohne Mörtel aufeinandergefugt, eher ein Naturphänomen als Menschenwerk.

Obwohl die Große Mauer im Bild der Stadt allgegenwärtig ist, reden die Bewohner nicht davon. Sie müssen ein merkwürdiges Verhältnis zu diesem zwar kunstlosen, aber beeindruckenden Bauwerk haben. Manche, die ich gesprochen habe, leugnen groteskerweise die Existenz der Mauer. Durch den Augenschein überführt, sagen sie dann: »Ach so, ja, ja« und wenden sich ab. Ein paar allerdings gibt es, die erwähnen die Große Mauer mit einem gewissen Stolz. Es ist dann aber ein freundlich-zotiger Stolz; der Stolz eines Händlers pornographischer Bilder, der einem Kenner unter der geöffneten Jacke besonders unanständige Ware zeigt, die er unlängst hereinbekommen hat. Ein solcher war mein Wirt.

Das Hotel lag an einem der Plätze, die die erwähnte Achse Migâl-Kastell unterbrechen. Der Platz – klein, unschön, ohne Grün – hieß »Platz der Freiheit«. Auch das Hotel hieß »Hotel Freiheit«, aber die große grüne Schrift auf der Vorderfront war schon verblaßt, und man konnte darunter den alten Namen erkennen: »Hotel Kaiserin Elisabeth«. Ein alter, versiegter türkischer Brunnen stand gegenüber dem Hoteleingang, seitlich davon der Sockel eines Denkmals, auf dem ehemals Feldmarschall Radetzky stand. Die Italiener entfernten und ersetzten ihn durch Garibaldi. Die Inschrift auf der Vorderseite meißelten die Italiener heraus und brachten eine Metallinschrift »Giuseppe Garibaldi« an. Die italienische Herrschaft über Skaumo war aber offenbar zu kurz, um auch die Rückseite des Sockels zu bereinigen. So stand Garibaldi lange Zeit mit der Unterschrift da: »In Deinem Lager in Österreich«.

In jüngster Zeit hat man aber auch den Garibaldi beseitigt. Wen man an seine Stelle setzen wolle, sagte mir der Wirt – ein Grieche –, würde erst entschieden, wenn sich die politischen Verhältnisse konsolidiert hätten.

Das »Hotel Freiheit« hat seinen Komfort seit den Zeiten, als es »Hotel Kaiserin Elisabeth« hieß, nicht geändert. Aber es ist das beste Hotel, und ich will nicht klagen.

Der Wirt – er hieß Byron Smaragdakis – freute sich, als ich mich für die Große Mauer interessierte.

»Dza! Dza! Dza!« sagte er und lachte augenzwinkernd. »Der Herr interessiert sich für das Mäuerchen.« Es hätte nicht viel gefehlt und er hätte hinzugesetzt: ›– Sie kleiner Schlingel.‹

Ich habe keine Ader für Witzbolde.

»Was ist daran so komisch?«

»Ich werde es Ihnen zeigen, das Mäuerchen«, sagte Smaragdakis, »das kleine, winzige Mäuerchen.«

»Die Mauer mir zeigen? Wieso? Mir scheint sie so groß zu sein, daß ich sie von alleine finden kann.«

Der Wirt war eben im Begriff, mit einem Tablett rauchender Hammelkoteletts in die Gaststube zu eilen. Auf meine Bemerkung blieb er, den eilenden Fuß noch erhoben, wie in Erz gegossen stehen, offenen Mundes.

»Ah –« preßte er dann heraus, geriet wieder in Bewegung, lief durch die Schwingtüre in die Gaststube, kam aber gleich wieder zurück.

»Was ist daran so erstaunlich?« sagte ich.

Er hatte sich inzwischen gefaßt.

»Und wer erklärt sie Ihnen?« sagte er.

Gut. Ich vermutete, daß er ein Trinkgeld verdienen wollte. Ich willigte ein, mir die Große Mauer von ihm zeigen zu lassen. Das war dann aber doch sehr merkwürdig. Es begann damit, daß Smaragdakis mich bat, seiner Frau nichts davon zu sagen; höchst überflüssig, denn selbst wenn ich auf diesen mir mehr als fernliegenden Gedanken gekommen wäre, hätte ich es ihr nicht sagen können. Frau Smaragdakis war Armenierin und sprach nichts außer ihrer Muttersprache.

Ich solle in der Gaststube warten, sagte mir der Wirt, er müsse nur einige Kleinigkeiten erledigen; wir könnten dann gleich gehen. Wenn ein Grieche »gleich« sagt, ist Skepsis am Platz. Es war später

Nachmittag, ein gewöhnlicher Wochentag. Ich setzte mich in die Gaststube und las die Post und die Zeitungen durch, die ich mir – wie ich es zu tun pflege – hatte nachschicken lassen. Dann arbeitete ich ein wenig an dem Manuskript. Es wurde Abend. Der Wirt lief hin und her. Ich konnte nicht feststellen, daß er irgendwelche dringenden Geschäfte erledigte. Zwar wischte er mit klatschenden Bewegungen über die meist recht wackeligen Tische, brachte den wenigen Gästen – alles Einheimische – Wein, türkischen Kaffee oder den abscheulichen »Čumpf«, den Spezialschnaps jener Gegend, angeblich ein Apfelgeist, der aber eher (ich habe ihn einmal probiert und nie wieder) wie Brennspiritus mit Lebertran schmeckt, aber Weiteres tat der Wirt nicht. – Ich aß zu abend. – Der Wirt nickte mir gelegentlich aufmunternd zu, tröstete mich, wenn er mich ungeduldig meinte, und mit der Zeit wurde ich es auch, tröstete mich mit einem »gleich, gleich!« und rannte wieder hinaus.

Gegen zehn Uhr ging der letzte Gast. Es war nicht zu verkennen, daß Smaragdakis den letzten Gast hinausdrängte, fast hinauswarf und erleichtert hinter ihm zusperrte. Dann kam er händereibend zu mir und sagte, daß wir uns nun »sofort« auf den Weg machen würden. Auch gegenüber dem griechischen »Sofort« ist innere Reserve am Platz. Obwohl ich das recht gut wußte, stand ich doch auf, um vielleicht wirklich sofort aufzubrechen. Smaragdakis setzte sich aber zu mir, nahm zwei oder drei Gläschen Člumpf zu sich. Ich entging der Nötigung zu einem Člumpf nur, indem ich die Einladung zu einem Glas – auch ziemlich miserablem – Weißwein annahm.

Endlich, als draußen auf den Straßen schon alles ganz still war, gingen wir wirklich. Wir betraten die Straße mitnichten durch die Haustür, sondern durch die Hintertür, wo wir auf eine höchst schmutzige, enge Gasse kamen. Dabei beobachtete ich einen sehr befremdlichen Vorgang.

Die hintere Tür war verrostet. Der Schlüssel knarzte im Schloß; auch lag ein breiter Balken vor der Tür, den man erst wegdrehen mußte. Der Wirt wollte mir, als die Tür offen war, den Vortritt lassen, schob mich aber dann mit theatralischer Verschwörergeste zurück und trat selber als erster halb hinaus, wobei er wichtig die enge Gasse beobachtete. Dann winkte er mir, aber im selben Moment drückte er mich wieder zurück, denn ein Hund kam mit großem Gekläff die Gasse heruntergeschossen, ein Mann hinterdrein, und – ich konnte es eben noch sehen, obwohl Smaragdakis schnell die Tür zuzog – gerade vor der Tür erwischte der Mann den Hund, packte ihn am Hals und warf ein Netz über ihn.

»Was ist das?« fragte ich.

»Pst«, machte der Wirt.

Das Hundegekläff wurde für einen Moment schrill und wütend, dann erstarb es wie abgeschnitten. Schritte entfernten sich.

Der Wirt wartete ein wenig, dann gingen wir endlich hinaus.

»Was war das?« fragte ich wieder.

»Was?« sagte er.

»Das mit dem Hund.«

»Ich weiß nicht«, sagte er.

Ich bemerkte, daß mich der Wirt durch enge und schmale Gassen führte, obwohl man auf der einen großen Straße, die das Kastell mit dem »Migâl« verbindet, sicher schneller zur Großen Mauer gekommen wäre.

»Sie tun grad«, sagte ich, »als sei es verboten, die Große Mauer anzuschauen.«

»Nein«, sagte er, »wieso?«

Ich ließ es auf sich beruhen.

Als wir an die Große Mauer kamen, war es bald Mitternacht. Es war dunkel. Sind schon die wenigen größeren Straßen sehr schlecht beleuchtet, so fehlt es in den Straßen und Gassen an der Mauer völlig an jeder Beleuchtung. Die Häuser waren schwarz, der Himmel war schwarz, die Mauer war schwarz. Wir sahen gar nichts.

Etwas gereizt fragte ich Smaragdakis: »Nun, was zeigen Sie mir?«

Smaragdakis wurde etwas verlegen, fürchtete wohl um sein Trinkgeld, gab sich aber überlegen-vertraulich und schlug mit der flachen Hand ein paar Mal anpreisend auf einen Quader des kyklopischen Bauwerkes. Ich habe oben gesagt, daß der Wirt ein merkwürdiges Verhältnis zur Mauer zu haben schien, wie zu etwas Unanständigem.

Diese Bewegung erinnerte daran. Er klatschte auf die Mauer wie auf große Schenkel.

Dann fiel ihm ein, was er mir speziell zeigen könnte: die Stelle, wo die Johanniter während der Türkenbelagerung die Mauer durchbrechen wollten. Er fand die Stelle erst nicht – kein Wunder bei der Finsternis, selbst für einen Einheimischen –, dann doch, das heißt, er behauptete, daß dies, was er gefunden, die Stelle sei. Man sah nicht mehr und nicht weniger als an anderen Stellen. Doch, sagte der Wirt, dort und dort und da – er zeigte in der Dunkelheit herum – sähe man die Spuren der Meißel.

»Ich sehe nichts«, sagte ich.

»Doch, doch«, sagte er, »schauen Sie nur –«

Ich ließ es auf sich beruhen. Wir gingen wieder heim.

Auf dem Heimweg fragte ich ihn direkt. »Was ist hinter der Mauer?«

»Ich weiß es nicht«, sagte er.

»Aber – das gibt es doch nicht.«

»Ich weiß es nicht«, sagte er, »niemand weiß das.«

»Hat noch niemand über die Mauer geschaut?«

»Nein, wie kommen Sie darauf? Das kann man gar nicht.«

»Das verstehe ich nicht«, sagte ich.

»Es ist aber so«, sagte er.

»Und, wenn Sie es nicht *wissen*, was hinter der Mauer ist – was *glauben* Sie?«

»Die Leute glauben: das Ende der Welt.«

»Die Leute – gut; das mag ein alter Aberglaube sein. Sie sind doch Grieche. Sie sind nicht von hier. Glauben Sie es?«

»Ich bin zwar Grieche«, sagte er, »aber ich bin doch von hier. Mein Großvater ist nach Skaumo gekommen. Mein Vater ist schon hier geboren.«

»Sie glauben also auch wie die Skaumer, daß hinter der Großen Mauer das Ende der Welt ist?«

»N-nein«, sagte er.

»Und was glauben dann Sie?«

»Nichts«, sagte er.

»Wie soll ich das verstehen?«

»Daß nichts dahinter ist, glaube ich.«

»Aber das gibt es doch nicht.«

»Wenn *Sie* das sagen, Herr Professor, dann wird es so sein.«

Ich gab ihm dann zwanzig Schibli, zehn, denke ich, hätten es zwar auch getan.

4

Die wichtigste Bekanntschaft, die ich in Skaumo gemacht habe, war selbstverständlich die des Bibliothekars. Es war keine Zufallsbekanntschaft, denn ich hatte ein Empfehlungsschreiben des Generalsekretärs unserer Gesellschaft an ihn dabei; außerdem war ich ihm offiziell avisiert. Ich weiß nicht, was mich daran hinderte, ihn nicht früher als eine Woche nach meiner Ankunft in Skaumo aufzusuchen.

Er habe mich schon längst erwartet, sagte er mir dann auch. Wenn ich mich nicht aus Überempfindlichkeit täusche, so war er ein wenig befremdet. Ob er mir überhaupt noch etwas zeigen könne?

Ich weiß wirklich nicht, warum ich ihn nicht früher aufgesucht habe. Vielleicht war es nur die Scheu davor, sozusagen mit der Tür ins Haus zu fallen. Oder war mir die Person und die Stellung des Bibliothekars insgeheim unheimlich? Ich kannte ihn vorher nicht, hatte nie ein Bild von ihm gesehen, nie eine Zeile mit ihm gewechselt. Was aber erwartet man von einem Menschen, der einerseits einen – was mich betrifft – vertrauten Beruf ausübt, anderseits von einem Regime, wie es hier zur Zeit herrscht, an diese verantwortungsvolle Stelle gesetzt wurde? Oder war die Stelle gar nicht so bedeutend? War sie im Gegenteil gerade unbedeutend, provinziell, ein totes Geleis für einen unbequemen Mann, der dennoch so viele Verdienste hat, daß er nicht sang- und klanglos ganz beseitigt werden kann? Das wäre mir nicht weniger unheimlich gewesen, oder besser gesagt: unangenehm.

Das Katharinenkloster zu Skaumo liegt etwas abseits des Hauptstraßenzuges. Gegründet unter der byzantinischen Herrschaft, wurde es von den Rhodos-Rittern latinisiert, das heißt, es zogen lateinische, genauer gesagt italienische Mönche ein. Dominikaner. Aus dieser Zeit stammt der Großteil der Klostergebäude und auch die Klosterkirche. Die Dominikaner verließen die Stadt mit den Johannitern. Unter den Türken zogen wieder griechische Mönche ein. Da die Kathedrale von den Türken in eine Moschee verwandelt wurde, diente die Klosterkirche als Bischofskirche. (Heute gibt es keinen Bischof von Skaumo mehr.) Das Kloster ist jetzt aufgehoben. Das Hauptgebäude dient als Sitz der Bezirksverwaltung, im ehemaligen Wirtschaftsgebäude ist der Arbeiter-Kultur-Klub untergebracht, der – solange ich in Skaumo war – nicht von sich reden machte. Die Stallungen des Klosters sollten zu einem Konzert- und Theatersaal umgebaut werden. Das Unternehmen blieb im ersten Anlauf stecken. Der Trakt ist eine eingestaubte Baustelle. Der große Garten ist theoretisch für die Bevölkerung geöffnet, praktisch aber haben nur die Beamten der Bezirksverwaltung Zutritt, die dort ihre Mittagspause zubringen. Das geschieht aber selten, denn die besser bezahlten Beamten gehen spätestens um zwölf Uhr nach Hause, die schlechter bezahlten – das sind die meisten – verlassen den Dienst womöglich noch früher, um ihren Nebenbeschäftigungen nachzugehen.

So liegt der große, einst schöne Park mit den vielen hohen Bäumen (die einzigen »echten« Bäume von Skaumo, wie ich schon erwähnt habe) meist menschenleer da und verwildert.

Der Bibliothekar kann von der Terrasse seiner Dienstwohnung aus zu jeder Stunde in den Park. Normalerweise, sagte er mir, spaziere er auch oft darin herum, nur sei das jetzt unmöglich, weil die Kellerfenster der Bezirksverwaltung auf den Garten hinausgehen. Was es mit dem Keller der Bezirksverwaltung auf sich hatte, sollte ich bald erfahren.

Die Bibliothek des Katharinenklosters von Skaumo war schon im Mittelalter berühmt. Sie war zunächst im Kloster selbst untergebracht. Der alte Bibliothekssaal sei sehr schön, ist allerdings jetzt Geheimarchiv und nicht zugänglich, sagte mir der Bibliothekar. Er sei auch nur einmal drin gewesen. Wie geheim die Akten seien, die in den Regalen herumlagen, konnte er nicht ermessen. Jedenfalls aber sei ein großer Safe in dem Saal, der dem Bezirks-Verwaltungs-Präsidenten zur Verfügung stehe. Vielleicht sei das der Grund für das Staatsgeheimnis. Als nach der Aufhebung einiger anderer Klöster im Land deren Bibliotheken nach Skaumo gebracht wurden, errichtete die italienische Regierung ein eigenes Bibliotheksgebäude, weil sich der Bücherbestand verdreifachte. Das jetzige Regime löste alle Klöster im Land auf, und weil man einmal angefangen hatte, alte Klosterbibliotheken nach Skaumo zu bringen, wies das Kulturministerium alle Bücher der aufgelösten Bibliotheken Skaumo zu, dessen Klosterbibliothek in den Rang einer Staatsbibliothek erhoben wurde.

Zwar hatten die Italiener in ihrem faschistischen Drang zur Monumentalität das Bibliotheksgebäude zum Glück groß genug gebaut (dabei aber, im Gegensatz zu vielen Bauten der Italiener hier im Land, nicht geschmacklos, im Stil zum alten Kloster passend), aber doch nicht groß genug, die ganze Masse der Bücher zu fassen, die nach der Aufhebung der Klöster nach Skaumo kam.

Sein Vorgänger, erzählte der Bibliothekar, Pater Lavrentij, der letzte Mönch von Skaumo, der einzige, der bleiben durfte, weil er ein anerkannter Fachmann war, habe versucht, Ordnung in die Bücher zu bringen. Anfangs sei es ihm gelungen, er habe sogar einige Aufsehen erregende Funde unter den zum Teil verwahrlosten Bibliotheken gemacht, so eine vollständige Handschrift der Velimir-Legende des Abtes Georg von Spolac, aber später habe er es aufgegeben, weil er zu alt geworden sei.

Ob Pater Lavrentij gestorben sei, fragte ich.

»Nein«, sagte der Bibliothekar, »er ist entlassen worden.«

»Was wurde aus dem Mann?«

»Ich weiß es nicht.«

»Hat er eine Pension zugesprochen bekommen?«

»Es hat ihn niemand«, sagte der Bibliothekar mit etwas Distanz, »niemand gezwungen, Mönch zu werden.«

Der Bibliothekar – Dr. Suvin hieß er – hat offensichtlich Versuche seines Vorgängers, die Bücher zu ordnen und zu katalogisieren, nicht fortgeführt. Ob Dr. Suvin angesichts der ohne bibliothekarische Hilfsmittel und Helfer nahezu undurchführbaren Aufgabe kapitulierte, ob er schon vorher resigniert hatte, weil man ihn auf den Posten in Skaumo abgeschoben hatte (seit ich die Bibliothek kannte, wußte ich sehr wohl, daß seine Stelle keine Auszeichnung war), oder ob er schlichtweg ein träger Mensch von vornherein war, kann ich nicht sagen. Ich weiß auch nicht, um das hier einzuflechten, wie seine kühle Distanz bei der wohl leider eindeutigen Antwort auf die Frage über das weitere Schicksal des Paters Lavrentij aufzufassen war: war es ihm wirklich gleichgültig? War er der Meinung, es ginge mich, den Ausländer, nichts an? Oder bekümmerte es ihn selber, und er wollte es mir gegenüber nicht zugeben, weil er noch nicht abschätzen konnte, was er von mir zu halten habe?

Bevor ich das erstemal den Bibliothekar aufsuchte, wollte ich anrufen. Mein Wirt, der Hotelier der »Freiheit«, hatte zwar ein Telefon, nicht aber der Bibliothekar, nicht einmal die »Staatsbibliothek«. »Auch wenn er eins hätte«, sagte Smaragdakis, »wer weiß, ob es ginge.« Er bot an, seinen Sohn Herakles mit einem Zettel hinüberzuschicken. Ich schrieb einen kurzen Brief und legte das Empfehlungsschreiben bei. Herakles kam nach kurzer Zeit mit der Antwort zurück: Dr. Suvin erwarte mich, wann immer ich zu kommen wünschte, sofort oder später.

Ich ging am nächsten Tag um elf Uhr hin. Für mich war es so selbstverständlich, daß die Klosterbibliothek – auch wenn sie jetzt Staatsbibliothek heißt – im Kloster sei, daß ich mich gar nicht erkundigte. Ich ging zum Klostergebäude, das ich von außen schon kannte. Der Portier der Bezirksverwaltung, der zum Glück das Wort »Bibliothek« verstand, deutete mit den Weg. Ich mußte um die Ecke in eine Seitenstraße gehen. Dort war der Eingang zum neuen Bibliotheksgebäude.

Als ich an der Portiersloge stand und mit dem Portier radebrechte, kam ein alter, schmutzig gekleideter Mann, der einen Sack auf dem Rücken trug, in dem es lebhaft zappelte. Der Portier kannte den Mann offenbar, sie wechselten einen Gruß oder einen Ruf. Der Portier warf dem alten Mann einen großen Schlüssel zu. Der Mann verschwand mit dem zappelnden Sack nach innen. Ich war zufrieden, daß ich imstande war, den Portier nach dem Weg zur Bibliothek zu fragen. Nach diesem merkwürdigen Mann mit dem Sack mich zu erkundigen, hätte die Möglichkeiten meiner Zeichensprache überschritten. Abgesehen davon, hätte mir der Portier, wie ich die Sitten hier kennengelernt habe, nichts gesagt.

5

Der Bibliothekar Dr. Suvin war ganz anders, als ich ihn mir vorgestellt, als ich befürchtet hatte. Er war weder ein regimehöriger Karrierebeamter noch ein in die Provinz abgeschobener unbequemer Wissenschaftler. Als ich ihn aber das erstemal sah, erschrak ich. Er war so häßlich, daß ich meinte, ich könne vor körperlichem Widerwillen keine Viertelstunde seine Gesellschaft aushalten. Nicht, daß er unappetitlich gewesen wäre, unsauber und unordentlich oder gar schmutzig, oder daß er gestunken hätte; nein, er war sauber, ordentlich – weit sauberer als durchschnittlich die Bevölkerung von Skaumo –, aber eben häßlich. Nein, er hat nicht gestunken; jedesmal war seine Häßlichkeit so aufdringlich, so ins Auge springend, dermaßen *sinn*fällig, daß lange Zeit gegen mein besseres Wissen meine Nase nicht von der Wahrnehmung abzubringen war, Dr. Suvin stinke. Vielleicht kann ich es auf diesen Nenner bringen: die ungewöhnliche Häßlichkeit Dr. Suvins ist in alle Wahrnehmungsorgane, auch in die Nase, eingedrungen.

Ich nahm mich zusammen und trat ein.

Dr. Suvin wohnte in einer Dienstwohnung innerhalb des Bibliotheksgebäudes. Um in seine Wohnung zu kommen, mußte man durch den Vorsaal der Bibliothek, in dem Berge von unkatalogisierten Büchern lagen. Die Bibliothek war geschlossen, als ich kam. Sie sei fast immer geschlossen, sagte mir Dr. Suvin, eigentlich überhaupt immer. Er seufzte.

Dr. Suvin war selber zur Tür gekommen und führte mich zur Wohnung. Selbst von hinten war er häßlich, stellte ich fest, als er mir vorausging.

Aber ich nahm mich zusammen. Suvin machte es einem dann auch nicht schwer. Er wußte wohl genau um den anspringenden Charakter seiner Häßlichkeit. Er versteckte sich nicht, drängte sich aber auch nicht auf. Er ließ einem einen genügenden Spielraum, in dem man höflich sein konnte und doch nicht genau auf ihn hinzuschauen brauchte. Er machte es wie manche sehr schöne Frauen, die einem auch anheimstellen, sie erst dann zu bewundern, wenn einen ihre Schönheit nicht mehr verwirrt.

Wir sprachen sehr bald über nüchterne Dinge, über den sozusagen geschäftlichen Auftrag, der mich namens meiner Gesellschaft hieher geführt hatte. Suvin bewirtete mich mit einem sehr guten Wein. Selbstverständlich half seine sogleich zutage tretende Intelligenz, seine umfassende Bildung, die Klugheit seiner Rede über seine Häßlichkeit hinweg. Er sprach fließend Deutsch, Englisch und Französisch, auch eine slawische Sprache, ich vermute, daß er Latein, Griechisch und Hebräisch beherrschte und einiges andere; meine Muttersprache sprach er nicht. Nach der Viertelstunde, die ich nicht auszuhalten geglaubt hatte, hatte ich seine äußere Erscheinung überwunden.

Ich blieb bis zum Abend. Wir aßen zusammen. Er zeigte mir die Bibliothek, einige interessante Handschriften und frühe Drucke und so fort. Zum Abendessen kam Dr. Suvins Neffe Robert, der zwar auch nicht schön war, aber normal aussah. Der Neffe Robert aß mit uns. Offenbar bediente er seinen Onkel. Nach dem Essen holte Robert noch eine Flasche Wein. Alle drei setzten wir uns ins Wohnzimmer Suvins (das auf die Terrasse hinausging), und dann kam die Rede auf die Mauer.

Vorauszuschicken wäre noch, daß Robert, der vorher schon kaum etwas geredet hatte, nachher, als wir im Wohnzimmer saßen, überhaupt nichts mehr sagte.

»Nun gut«, sagte Dr. Suvin. »Die Mauer ist eben die Mauer.«

In einem hatte ich mich nicht getäuscht: Dr. Suvin war ein Mann – der einzige in der Stadt? –, der kein verklemmtes Verhältnis zu dem merkwürdigen Bauwerk hatte.

»Was weiß man von der Mauer?«

»Sie steht«, sagte Dr. Suvin, »seit Menschen denken können.«

»Aber sie ist doch von Menschen erbaut.«

»Vermutlich. Ja, wohl – es ist anzunehmen.«

»So etwas fällt nicht vom Himmel.«

»Selten«, sagte Dr. Suvin, »und es wäre schon sehr komisch, daß sie dann gerade an diese Stelle gefallen ist.«

»Aber wer hat die Mauer gebaut?«

»Auf den ältesten Bildern erscheint Skaumo mit der Mauer. Ich habe in meinem Schlafzimmer einen Holzschnitt aus einer anonymen venezianischen Reisebeschreibung von 1518. Auf ihr ist die Mauer dargestellt. Das ist relativ neu. In der alten Ursinus-Kirche in Ragusa hat es ein Mosaik aus dem 9. Jahrhundert gegeben – es wurde Anfang des vorigen Jahrhunderts zerstört und ist uns nur in einem Stich um etwa 1780 überliefert –, auf dem das Martyrium der heiligen Aureliana dargestellt ist. Hintergrund der Szene ist Skaumo: mit der Mauer. Der Stich liegt in der Bibliothek. Wir können ihn suchen gehen –«

»Nein. Mich interessiert –«

»Im VII. Buch von Strabos Geographika ist Skaumo erwähnt und als Besonderheit die Mauer –«

»Mag sein –«

»Sie haben recht«, lachte Dr. Suvin. »Das VII. Buch von Strabos Geographika ist das einzige der 17 Bücher, das nicht erhalten ist. Was wir als VII. Buch kennen, ist eine Fälschung, allerdings eine Fälschung aus dem 4. Jahrhundert nach Christus –«

»Auch das meine ich nicht. Ich frage Sie: was ist hinter der Mauer?«

»Eine sehr heikle, eine sehr direkte Frage.«

»Ja mm –«

»Nichts. Das Weltende. Der Abgrund, sagt man.«

»Das ist eine Legende.«

»Das glaube ich auch.«

»Was glauben *Sie* denn, was dahinter ist?«

»Ich bin Wissenschaftler. Ich glaube gar nichts. Entweder weiß ich etwas, oder ich weiß es nicht. *Glauben* tu ich nicht.«

»Und Sie *wissen* es nicht?«

»Nein.«

»Warum erforscht man es nicht?«

»Woher soll ich das wissen?«

»Warum erforschen *Sie* es nicht?«

»Ich bin von Haus aus – das wissen Sie nicht – vergleichender Sprachwissenschaftler; jetzt bin ich Bibliothekar. Ich bin weder Archäologe noch Geograph. Geht mich die Mauer etwas an?«

»Aber das Problem würde mir keine Ruhe lassen...«

»Ich bin froh, daß Probleme mich in Ruhe lassen.«

»Hat denn nie jemand hinter die Mauer geschaut?«

»Nein.«

»Aber das ist doch nicht möglich.«

»Doch.«

»War nie jemand neugierig in Skaumo?«

»Das schon. Aber es ging nicht.«

»Ist noch keiner aufgebrochen und ist die Mauer entlang gegangen und am Ende drum herum und zurück; oder sie wird an einer Stelle so niedrig, daß man drüber steigen kann –«

»Das haben sie schon probiert.«

»Und?«

»Die Mauer ist sehr lang, immer gleich hoch. Sie verliert sich in unwegsame Berge. Mag sein, der eine oder andere ist bis zum Ende der Mauer gelangt. Dann ist er aber nicht mehr zurückgekommen.«

»Und vom Flugzeug aus?«

»Ich habe von solchen Versuchen gehört. Skaumo soll vom Flugzeug aus nicht auszumachen sein. Entweder war schlechtes Wetter, oder der Pilot der Expedition hat sich verflogen. Sie haben es nie gefunden.«

»Aber man kann doch schlicht in Dreiteufelsnamen hinüberschauen; von einem Turm aus –«

»Die Türme von Skaumo sind niedriger als die Mauer; jedenfalls die in der Nähe stehen. Die höheren Türme, am Kastell, stehen weiter weg, also tiefer. Sie wissen, die Ebene senkt sich von der Mauer weg stetig…«

»Warum baut man dann keinen hohen Turm in der Nähe der Mauer?«

»Mein lieber Freund. Die Stadt hat nicht einmal das Geld, ein ordentliches Pflaster für den Migâl zu bezahlen. Soll sie so viel Geld für einen Turm ausgeben, nur damit man einmal über die Mauer schauen kann?«

»Dann nehme ich morgen zwei Leitern, binde sie zusammen…«

»Leitern gibt es nicht in Skaumo.«

»Es gibt keine Leitern?«

»Nicht einmal die Feuerwehr hat Leitern. Deswegen wirken sich Brände immer so verheerend aus. Trotzdem: es gibt hier keine Leitern.«

»Das ist merkwürdig.«

»Leitern sind verboten. Seit unvordenklichen Zeiten. Schon in dem Pseudo-Strabo, von dem ich Ihnen erzählte, steht, daß in Skaumo keine Leitern erlaubt sind, und zwar, damit keiner auf die Idee kommt, auf die Mauer zu steigen und hinüberzuschauen.«

»Gut, das mag für Strabos Zeiten gegolten haben. Aber heute –«

»Man wolle nicht, schreibt Pseudo-Strabo, daß jemand das Übergewicht bekomme und drüben herunterfalle.«

»Man kann sich festbinden.«

»Ich vermute auch, daß diese Vorsorge der Regierung eher scheinheilig ist. Das Verbot hat wohl einen anderen Grund.«

»Welchen?«

»Wahrscheinlich ist jenseits der Mauer etwas Schreckliches.«

»Was kann denn so schrecklich sein?«

»Das Ende der Welt. Das Nichts.«

»Aber man hat doch zum Beispiel vom Turm des Kastells aus, der sehr hoch ist –«

»– jedoch tiefer liegt als die Mauer –«

»– ja, gut – man hat doch sicher schon einmal von dort aus zur Mauer hingeschaut. Wenigstens flach darüberschauen muß man doch können?«

»Ja.«

»Was sieht man da?«

»Den Himmel.«

»Sonst nichts?«

»Nein.«

»Also nicht das schreckliche *Nichts* –«

»Vielleicht ist das *unten*, unter der Mauer –«

»Sie glauben doch nicht im Ernst an das alberne Märchen vom Ende der Welt –«

»Ich sagte Ihnen schon: entweder weiß ich etwas, oder ich weiß es nicht. Glauben tu ich gar nichts.«

Nach einer Pause machte ich einen neuen Anlauf.

»Man muß doch ausrechnen können, wo Skaumo liegt. Die Meereshöhe –«

»400 Meter«, sagte Dr. Suvin.

»– die geographische Länge und Breite – und das trägt man in Karten ein –«

»Ist schon gemacht worden«, sagte Dr. Suvin. »Ich verstehe ja nichts davon. Ich bin von Haus aus vergleichender Sprachwissenschaftler –«

»Sie sagten es schon.«

»Irgendwie ging es nicht. Entweder geht es überhaupt nicht, oder sie haben irgendwelche Fehler in die Rechnung hineingebracht. Es stimmte nie. Die Stadt Kopenhagen soll nach der Berechnung auf der anderen Seite der Mauer liegen.«

»Da müßte man von Kopenhagen aus die andere Seite der Mauer von Skaumo sehen. 400 Meter hoch oben. Ich war oft in Kopenhagen. Ich kann Ihnen versichern, man sieht die Mauer nicht.

»Eben.«

»Was eben?«

»Drum muß die Berechnung falsch sein.«

»Sie halten mich zum Narren, Dr. Suvin...«

»Lieber Freund«, sagte er, »natürlich haben Leute zu erforschen versucht, was jenseits der Mauer ist. Zuletzt, es muß fünfzig Jahre her sein – nein, mehr: ich ging noch in die Schule, zuletzt ein Mann namens Ciga. Er hat einen Spiegel an einem Luftballon befestigt, den Ballon an einer Leine losgelassen und mit einem Feldstecher in den Spiegel zu schauen versucht. Aber er hat nichts gesehen, selbst wenn der Spiegel gerade den richtigen Winkel eingenommen hätte. Der Spiegel war zu klein. Einen größeren konnte der Ballon nicht tragen. Später hat dann derselbe Ciga eine Schnur mit einem Stein dran mit Hilfe eines Katapults über die Mauer geschleudert. Hundertachtzig Meter haben sich herüben abgespult, dann war die Schnur zu Ende.«

»Also der Stein ist nicht aufgefallen?«

»Nein.«

»Also ist drüben ein Abgrund von mindestens 180 Metern.«

»Oder sie haben an der Schnur gezogen?«

»Wer?«

»Die drüben.«

»Aha. Die Bewohner des Nichts.«

»Sie sagen ja selber, daß an das Nichts schwer zu glauben ist.«

»Was soll das dann heißen?«

»Das mit dem Ende der Welt ist nur *eine* Erklärung. Manche glauben an andere Erklärungen. So gibt es die Theorie, daß drüben die andere Hälfte unserer Stadt ist. Das Spiegelbild von Skaumo. OMUAKS. Ich finde das eine sehr schöne, fast poetische Legende.«

»Warum haben die dann keinen Stein herübergeworfen?«

»Ich nehme an, sie sind nicht auf diese Idee gekommen; und nachdem *wir* den Stein *hinüber* geworfen haben, hat es sich ja erübrigt.«

»Nein«, sagte ich, »lieber Herr Suvin. Sie sind nicht ganz ernst bei der Sache, nicht ganz aufrichtig... Sie wissen mehr, als Sie mir sagen wollen –«

»Gewiß nicht«, sagte Dr. Suvin, »mir ist nur nicht ganz wohl bei Ihren Fragen. Wissen Sie, wenn man so wie ich... aber was soll ich davon reden. Ich bin froh, wenn man mich in Ruhe läßt. Das soll nicht heißen, daß Ihre Gesellschaft mir nicht willkommen wäre. Ganz im Gegenteil, ganz im Gegenteil. Aber in meiner Lage... gut; was rede ich. Ich bin sehr froh, wenn man mich in Ruhe läßt.«

6

Es war nicht zu verkennen, daß mein erster Abend bei Dr. Suvin mit einem unnennbaren, aber für uns beide spürbaren Mißklang endete. (Was der Neffe Robert empfand, weiß ich nicht, denn er redete ja nichts mehr; gab mir selbst zum Abschied nur stumm – aber nicht unfreundlich – die Hand.) Vielleicht hätte die Rede nicht auf die Mauer kommen sollen. Vielleicht hatte selbst der gelehrte und erfahrene, alles andere als engstirnige Dr. Suvin, wenngleich in anderer Weise als die primitiveren Bewohner Skaumos, ein gestörtes Verhältnis zu dem Bauwerk. Vielleicht prägte die Mauer nicht nur das Bild der Stadt; vielleicht beeinflußte sie die Seelen ihrer Bewohner?

Die Frage an Dr. Suvin zu richten, hatte ich schon nicht mehr gewagt.

Nach dem Gespräch über die Mauer suchte ich, suchte auch Dr. Suvin – ich merkte es deutlich – nach einem anderen Gesprächsgegenstand. Wir hatten aber beide das Gefühl, daß alles, wovon wir zu reden anfingen – das Wetter, die Politik, der Wein, die Philosophie, die Religion – nach zwei, drei Sätzen sozusagen in die unmittelbare Nähe der Mauer rückte, daß der nächste Satz oder der nächste Gedankengang die Mauer berühren müsse. So wurde dieser nächste Satz oder Gedankengang unterlassen. Es entstand eine peinliche Lücke im Gespräch.

Es ist nicht mehr zu retten, dachte ich mir endlich, und fragte, ob es unhöflich sei, wenn ich mich nun verabschiedete.

Aus der Art, wie Dr. Suvin sofort aufstand, merkte ich, wie froh er war, daß ich ging.

So war es wie ein Pendel der Gefühle:

Am Anfang, als ich Dr. Suvins ungeheuer lange und knorpelige Nase, die so großporig war, daß sie fast wie ein Schwamm wirkte, seine enorm häßlichen Zahnlücken im Unterkiefer, auf die eine schlechte Oberkieferprothese bei jedem Zischlaut klappernd herunterfiel, und seine wässerigen Triefaugen sozusagen geruchartig wahrzunehmen glaubte, war ich abgestoßen. Danach, bei den vielen geistreichen und sympathischen Äußerungen bei Tisch, die Dr. Suvin als wendigen und klugen Mann auswiesen, hatte ich nicht nur sein Äußeres vergessen, hatte ich sogar für vielleicht eine Stunde das herzliche Gefühl, ich könnte hier einen neuen Freund gewinnen. Und der Abschied war kühl. Dr. Suvin war froh, daß ich ging. Vielleicht hätte man wirklich nicht auf die Mauer zu reden kommen sollen.

Als ich schon draußen auf der Straße war, öffnete Suvin noch einmal die Tür. »Entschuldigen Sie«, sagte er.

Ich drehte mich erfreut um.

»Ich habe ganz vergessen«, fuhr er fort, öffnete die Tür nicht mehr als einen Spalt, »finden Sie heim?«

»Ich finde heim«, sagte ich. »Danke.«

»Wirklich?«

»Sicher, danke.«

»Mein Neffe könnte Sie sonst heimbringen.«

»Das ist nicht nötig. Wirklich nicht. Danke.«

»Ja, dann nochmals gute Nacht.«

»Danke. Gute Nacht.«

Ich ging gar nicht gleich heim. Wenn man eine Woche in einer fremden Stadt ist und ein paar Straßen kennt, überkommt einen in der Regel eine Art überhebliches Einheimischengefühl. Man bildet sich ein, die Stadt zu kennen und hofft, daß einen nicht gerade ein Einheimischer, aber vielleicht ein unbeholfener Bewohner der näheren Provinz, der sich in der Hauptstadt verlaufen hat, nach dem Weg fragt.

Ich ging also – zwar nicht in Erwartung des verirrten Provinzbewohners, oder im Hochgefühl, mich meinerseits nicht verirren zu können – hinunter zum Kastell, durch ein paar Gassen hin und her und kam an der »Loggia« (die die Ragusaner Kaufleute als Markthalle errichtet hatten) wieder auf die Hauptstraße heraus. Die Glocken der großen Kirche von Skaumo sind längst eingeschmolzen, in Kriegsnot oder von korrupten Bürgermeistern. Die großen Türme sind stumm. Nur die recht schäbige orthodoxe Kirche – ein Geschenk des Zaren Alexander III. an die Rechtgläubigen von Skaumo – hat eine kleine Glocke. Gerade als ich an die »Loggia« kam, schlug es ein Uhr. Es war schon so spät? Ich wandte mich nach rechts, zum Hotel.

Da erhob sich ein riesiger Lärm, der in der leeren Straße hallte, daß die wohl längst schlafenden Bewohner Skaumos aus ihren Betten fallen mußten. (Meinte ich; es kümmerte sich aber niemand um den Lärm, keiner, weder neugierig noch aufgebracht, zeigte sich an einem Fenster.)

Eine Meute von mindestens einem Dutzend Hunden aller Größen und Farben, meist aber mischrassige Köter, raste die Straße herunter. Ich sprang zur Seite. Zwei Männer liefen hinter den Hunden her. Da kam gerade ein dritter Mann, ein Bär von einem Menschen, aus einer Seitengasse hervorgesprungen und schnitt den Hunden den Weg ab. Die vordersten Hunde machten kehrt, die hinteren schossen in die vorderen hinein. Es gab ein Knäuel von, wenn möglich, noch lauter kläffenden Hunden, in das die drei Männer mit starken und geübten Griffen hineinlangten und, die Hunde am Genick, Ohren oder Schwänzen gepackt, in erstaunlicher Eile in große Säcke steckten. In wenigen Augenblicken war aufgeräumt. Ich glaube, es konnte keiner der Hunde entkommen. Mit je einem großen Sack, in dem es zappelte, schritten die Männer rasch davon.

Das Schicksal dieser Hunde war wohl zu erraten. Der Vorgang wunderte mich, berührte mich aber nicht weiter. Ich liebe Hunde nicht.

7

Am nächsten Tag stand ich recht spät auf. Als ich zum Frühstück hinunterkam, war ich erstaunt, Dr. Suvins Neffen Robert vorzufinden. Er wartete auf mich. Er sei eben zufällig vorbeigekommen, sagte er, und habe sich gedacht: schau einmal herein. (Das stimmte sicher nicht, denn Smaragdakis sagte mir nachher, der Neffe Robert sei schon um halb neun dagewesen, wieder weggegangen, als er erfahren habe, ich schlafe noch; sei um halb zehn wiedergekommen und habe dann geduldig gewartet.) Als ich hinunterkam, war es elf Uhr. Ich lud ihn zum Kaffee ein.

Das Frühstück in Smaragdakis' Hotel »Freiheit« war miserabel. Seine Küche war überhaupt nicht gut, aber das Frühstück war das schlechteste daran. Nun: das ist in vielen südlichen Ländern so. Da der Aufenthalt in Skaumo trotz der Aufträge seitens meiner Gesellschaft auch einen ferienhaften Charakter hatte, bemühte ich mich nicht gerade, beim ersten Hahnenschrei aufzustehen. Wenn ich zum Frühstück kam, war es zwar meistens nicht so spät wie heute, aber nie lang zum Mittagessen hin. Ich verschmähte also schon bald des Smaragdakis irgendwie unnatürliche Semmeln (auch die frischen hatten eine brüchig-harte Kruste und ein gummiartig zähes Inneres), seine ranzige Butter und die unglaublich klebrige Marmelade, trank nur den Kaffee und aß höchstens ein oder zwei der grauen Kekse. Ich nannte sie »Johanniter-Kekse«, denn sie schienen mir aus der Erbauungszeit des Kastells zu stammen. Sie hatten, wahrscheinlich auf Grund eines raffinierten Verfahrens, keinen Eigengeschmack. Wenn man sie aß, mußte man nach dem Abbeißen rasch den Mund schließen, weil sie fürchterlich staubten. Manchmal hatte ich das Gefühl, sie staubten aus den Ohren heraus. Ich bemängelte den sozusagen archäologischen Charakter dieser Kekse Smaragdakis gegenüber und erfuhr von dem beleidigten Wirt, daß es hausgemachte Kekse nach einem geheimen Rezept seiner Frau seien. Man müsse sie in den Kaffee tunken. Dazu konnte ich mich nicht entschließen.

Der Kaffee aber war trinkbar.

Wohl nicht, weil sich der Wirt des Frühstückes für mich, derzeit seinem einzigen Dauergast, geschämt hätte, sondern eher, um mich vor dem Lärm der einheimischen Gäste in der großen Gaststube zu schützen, servierte er mir das Frühstück in einem kleinen, etwas sauberen, aber finsteren Nebenzimmer.

Was Suvins Neffe Robert von mir wollte, brachte ich nicht heraus. Daß er aus einem bestimmten Grund gekommen war, war mir klar. Merkwürdig war auch, daß er mich, scheinbar nebenher, als sei es im Grunde nicht wichtig, bat, seinem Onkel nichts von dem Besuch zu erzählen. Was er aber wollte, war nicht ersichtlich, am wenigsten aus dem, was er erzählte. Wollte er sich mit seinem Besuch für das kühle Verhalten seines Onkels gestern abend entschuldigen? Oder war es ein dunkler, ihm selber unbewußter Grund, der ihn zu mir führte?

Ich redete ihn einmal mit: Herr Suvin an. Da widersprach er: »Sie können es nicht wissen«, sagte er. »Ich bin ein eher entfernter Neffe Herrn Suvins. Ich bin der Sohn eines Vetters mütterlicherseits von Dr. Suvin. Mein Name ist Kismetic. Ein eigenartiger Name, nicht?« Wir sprachen englisch miteinander. Robert Kismetic sprach ein sehr schönes Englisch, weit akzentfreier als meines.

Nachdem wir den Kaffee getrunken hatten (in Anbetracht des vorgerückten Vormittags aß ich nicht einmal eins von Madame Smaragdakis' archäologischen Keksen), bot sich Robert an, mir die Mauer zu zeigen.

Smaragdakis hatte zur Mauer ein Verhältnis wie zu einer Obszönität. Für Dr. Suvin war die Mauer offenbar so etwas wie ein Aberglauben, vom wissenschaftlichen Standpunkt aus eigentlich auch unanständig, und wenn er – in der Haltung: »Die Wissenschaft kennt nur Fakten, keine Obszönitäten« – darüber sprach, sprach er eigentlich nicht über die Mauer, sondern einzig darüber, was die anderen, die nicht seine Erkenntnisse hatten, über die Mauer dachten. Aus Roberts nebenbei und betont obenhin gemachten Vorschlag war zu entnehmen, daß er zur Mauer etwa dasselbe Verhältnis hatte wie ein junger katholischer Priester zu einer schönen, verführerischen Frau. Er darf sich nicht anmerken lassen, wie sehr sie auch für seine Natur verführerisch ist. Er darf, sozusagen, nicht einmal wegschauen.

»Ich habe die Große Mauer schon gesehen«, sagte ich. »Der Hotelier Smaragdakis hat sie mir gezeigt.«

»Ja dann«, sagte Robert, »dann eben nicht.«

»Aber ich gehe gern noch einmal hin.«

»Ich habe nur gedacht«, sagte Robert, »weil eben heute auch Markt dort ist.«

Auf dem Weg fragte ich ihn, weniger aus Interesse, mehr, weil uns der Gesprächsstoff ausging, nach den Hundefängern.

»So, so«, sagte er. »Das wissen Sie auch?«

»Darf man das nicht wissen?«

»Na ja, dürfen schon, nehme ich an; aber sollen nicht.«

»Ich glaube nicht, daß ich indiskret war: ich habe zweimal solche Hundefänger zufällig beobachtet. Und auch durch Zufall habe ich gesehen, daß die gefangenen Hunde in das Bezirksamt, in das ehemalige Kloster gebracht werden.«

»Ja, leider.«

»Wird Ihr Onkel dadurch belästigt?«

»Was heißt belästigt. Wenn er nur sonst in Ruhe gelassen wird.«

»Was geschieht mit den Hunden?«

»Sie werden verarbeitet, heißt es.«

»Verarbeitet?«

»Von den Amerikanern.«

»Gibt es hier Amerikaner?«

»Wo gibt es keine Amerikaner? Nirgends. Aber es haben auch Einheimische ihre Finger drin. Natürlich, wo es ein Geschäft zu machen gibt.«

»Und wozu werden die Hunde verarbeitet?«

»Wir sind am Markt. Sehen Sie!«

Der Wochenmarkt, ein für das große, finstere Skaumo ungewohnt buntes Bild, fand am Migâl statt. Buden waren aufgestellt, Stände und Sonnendächer, vielfach wurden die Waren aber auch bloß in und auf Kisten und sogar auf Decken oder Sackrupfen auf dem Boden feilgeboten. Es gab Obst und Gemüse, lebendes und totes Geflügel, Hasen, Wild, Fische; Singvögel in Käfigen, überhaupt alles mögliche: Körbe, Stickereien, Wolle, Pelze, aber auch alten und neuen Plunder von Kugelschreibern über Heiligenbilder bis zu getriebenen Kupferkaffeekannen, alte Möbel, Tonpfeifen, Alabasterlampen, Transistorradiogeräte, alte Schallplatten, einzelne Schuhe, Musikinstrumente und antiquarische Beinprothesen. Ein Bauer stand vor einer Kiste mit falschen Gebissen und probierte eines nach dem anderen. Er probierte lange. Endlich schwankte er nurmehr zwischen zwei Gebissen. Robert übersetzte mir das Handelsgespräch.

»Das eine kostet acht Zimnik, das andere vierzehn«, sagte der Händler.(Zum Vergleich: ein Huhn, gerupft und ausgenommen, kostete sechs Zimnik, eine Tageszeitung einen halben Zimnou, das sind fünf Schibli.)

Der Bauer schwankte noch immer, wog in jeder Hand ein Gebiß. Nach einiger Zeit gab er sich einen Ruck und nahm das teurere, zu vierzehn Zimnik.

»Da haben Sie aber dann auch was Gutes«, sagte der Händler.

»Woher sind die Gebisse?« fragte ich Robert.

»Aus Nachlässen«, sagte Robert.

Ich verbiß mir die Frage, ob sein Onkel sein Gebiß auch auf dem Markt gekauft habe.

Ich konnte nicht übersehen, daß mich Neffe Robert mied, als ich am Nachmittag seinen Onkel wieder besuchte. Besuch ist zuviel gesagt. Es war der erste der vereinbarten Aufenthalte in der Bibliothek.

»Sie können jederzeit kommen«, sagte Dr. Suvin, »vielleicht nicht gerade um fünf Uhr in der Früh. Oder doch auch um fünf Uhr in der Früh. Es ist gleich.«

Ich versicherte, daß ich sicher nicht um fünf Uhr in der Früh kommen würde.

»Wollen Sie einen Schlüssel zur Bibliothek? Ich kann Ihnen gern einen geben. Ich bin zwar auch immer da. Ich gehe nicht fort. Aber Sie können einen Schlüssel haben.«

Ich dankte, lehnte aber ab.

Dr. Suvin hatte schon die Bücher und Handschriften herausgesucht, die ich brauchte. Er hatte sie – wohl durch Robert – in ein Nebenzimmer bringen lassen, in dem gebundene und ungebundene Kirchenzeitungen ein und zwei Meter hoch an den Wänden gestapelt lagen. (Wenn ich meine Arbeit unterbrach, las ich im Herumgehen in den Zeitungen. Der Sinn des Archivierens, stellte ich wieder einmal fest, hat seine Grenzen.) Das Fenster war von Kirchenzeitungen ausgespart. Dort stand ein Tisch und ein Stuhl. Der Raum war hoch und kahl. Eine nackte Birne hing von der

Decke. Rußspuren über den Zeitungsstapeln zeigten, wo früher Möbel gestanden hatten. Nur ein Bild hing noch im Raum. Es hing sehr hoch und war sicher nicht als Schmuck gedacht. Es machte den Eindruck, als hätte ein Packarbeiter, der gefragt hatte: »Wohin?« und dem geantwortet wurde (noch von Pater Lavrentij?): »Tun Sie es irgendwo hin…« hier einen zufälligen Nagel gefunden und das Bild drangehängt. Es hatte einen merkwürdigen Rahmen, war oben schmaler als unten, die Ecken waren geschweift, ungefähr wie der Querschnitt einer Glocke. Es hatte wohl genau in die Aussparung eines barocken Mauerwerkes gepaßt. Dargestellt war ein spitzbärtiger Mann in weißem Kragen, der mit einer fast peinlich gezierten Geste der rechten Hand den zweitobersten Knopf seines Wamses oder geistlichen Rockes hielt. Ignatius von Loyola war es nicht, denn es war kein Heiligenschein abgebildet, und das Bild war sicher nach 1622, nach der Heiligsprechung Loyolas, gemalt worden. Aber der Dargestellte sah Loyola ähnlich.

Ich wandte mich wieder meiner Arbeit zu.

Von nun an kam ich jeden Tag hierher. Das Zimmer mit den Kirchenzeitungen wurde eine mir vertraute Zelle der Welt. Die Stapel von altem Papier traten zurück und bildeten nicht mehr als einen kurzen Trichter, der mich an den kleinen Tisch am Fenster und zu meiner Arbeit zog. Es war eine angenehme Arbeit. Auch »Loyola« trat nach einigen Tagen sozusagen hinter die Wand zurück. Ein Bild hat es schwer bei mir – ich bin kein Augenmensch – auf sich aufmerksam zu machen. Nur selten noch gelang es »Loyola«, entweder mit den merkwürdig geschweiften Ecken seines Rahmens oder mir der immer noch fast peinlich gezierten Geste, mit der er den zweitobersten Knopf seines Wamses hielt.

Aber etwas anderes machte auf sich aufmerksam: ein Geruch – nein – ein Gestank. Er kam nicht durchs Fenster herein. Die Fenster öffnete ich nie; der Raum war groß und kühl, ich hatte auch bei geschlossenen Fenstern genug Luft. Außerdem zweifelte ich, daß sich die verrosteten Angeln überhaupt noch drehen ließen. Der Gestank war auch nicht unvermittelt oder plötzlich da, so daß man seinen Ursprung hätte orten können. Dennoch sprang er mich eines Tages mit Wucht an, er drang von unten her wie ein Ausbruch in mein Bewußtsein. Ich mußte meinen Füllfederhalter hinlegen und meine Aufmerksamkeit dem Gestank zuwenden. Dabei stellte ich fest, daß ich eigentlich den Gestank gestern schon wahrgenommen hatte; oder vorgestern? Zum Schluß war ich nicht sicher, ob der Gestank nicht schon dagewesen sei, als ich das Zimmer zum ersten Mal betrat.

Was ist ein Gestank, und was ist noch kein Gestank oder keiner mehr? Ich schmeckte im Zimmer herum. Es war ein süßlicher, warmer Geruch, ein weicher Geruch.Ich schloß die Augen: der Geruch erinnerte an Apfelbisquit. Hätte ich den Gestank in einer Küche oder in einer Konditorei wahrgenommen, er wäre mir wie ein Duft vorgekommen.

Ich hielt es für ausgeschlossen, daß Dr. Suvin oder sein Neffe Robert seit Tagen Apfelbisquit in großen Mengen buken. Da wurde der Duft gleich wieder Gestank. Kam er von den alten Zeitungen? Waren Ratten unter den Zeitungen? Ratten riechen anders: schärfer, modriger. Außerdem hätte ich es dann irgendwann einmal rascheln hören müssen.

Nun versuchte ich doch ein Fenster zu öffnen. Beim dritten gelang es mir. Natürlich blieb der Gestank oder Geruch, aber ich hatte wenigstens das Gefühl, für frische Luft gesorgt zu haben. Aber ich nahm den Geruch mit. Ich nahm ihn mit, wenn ich abends das Zimmer abschloß, nahm ihn mit hinaus in den Gang, sogar mit hinaus auf die Straße, ließ ihn anfangs an der Ecke des alten Klostergebäudes stehen, wo er mich am nächsten Morgen wieder erwartete. Allmählich folgte er mir aber bis zur Hauptstraße, bis fast ans Hotel. Es gab dort eine Stelle in einer Nebenstraße, durch die ich immer ging (die Straße hieß »Knu-Ulca«, was ungefähr »Keine Straße« oder »Un-Straße« bedeutet), in der sich das Pflaster änderte. Kam man von der großen Straße, der Verbindungsstraße vom Kastell zum »Migâl«, so war die »Kleine Straße« erst mit grauen Katzenkopfsteinen gepflastert, dann kamen glatte, rote Platten. Genau an der Stelle, wo die Platten die Katzenköpfe ablösten, wartete der Geruch nach dem Apfelbisquit auf mich. Ich führte das darauf zurück, daß ich bis zu jener Stelle – ich bin so pedantisch – Freizeit hatte, von dort an sich meine Gedanken um die Arbeit sammelten, die auf mich wartete. Mit der Arbeit verband sich aber, dachte ich, unterschwellig der Geruch nach Apfelbisquit, so daß ich ihn zwangsläufig wahrzunehmen glaubte, wenn ich mich dem Gedanken an die Arbeit zuwandte. Die Theorie schien unterstützt von der Beobachtung, daß ich auch – wenngleich viel flüchtiger und weniger intensiv – den Geruch wahrnahm, wenn ich im Hotel, sei es in der Gaststube, sei es in meinem Zimmer, an die Arbeit dachte, was allerdings – ich sagte schon: ich bin Pedant; ich trenne die Dinge – nicht oft vorkam.

Es war ganz anders. Dennoch rieche ich auch heute noch das Apfelbisquit, dieses gräßliche und entsetzliche Apfelbisquit, wenn ich an die Arbeit in Skaumo denke; auch jetzt, während ich diese Zeilen schreibe. Vielleicht verschwindet der Geruch, wenn ich den Bericht endlich niedergeschrieben habe. Vielleicht schreibe ich ihn nur, um den Geruch loszuwerden. Dabei ist es schon viel besser geworden in den letzten Jahren. Als ich damals meinen offiziellen Bericht für meine Gesellschaft schrieb (die Zusammenfassung meiner Exzerpte aus Skaumo), war die Erinnerung an den Gestank fast unerträglich. Zu der Zeit wußte ich natürlich schon, woher der Geruch kam. Dabei hatte sich der Geruch in Skaumo noch während meines Aufenthaltes verzogen. Das war an einem ganz bestimmten Tag gewesen, dem Donnerstag vor meiner Abreise. Ich bog in die »Un-Straße« ein, kam an die Grenzlinie von grauem Katzenkopf und roten Platten und stellte fest: der Geruch ist nicht mehr da. Ein lächerlicher Gedanke schoß mir durch den Kopf: er hat sich heute verspätet.

9

Ich bin Philologe. Die Handschriften, die ich für meine Gesellschaft zu exzerpieren hatte, betrafen mein Fach. Ich hätte nicht erwartet, daß ich mitten in diesen Handschriften einen erstaunlichen Hinweis auf die Mauer bekommen würde, einen Hinweis auf ein Ereignis, das – wie sich herausstellte – selbst Dr. Suvin unbekannt war. Es war ein indirekter, aber darum fast erschreckender, fast gespenstischer Hinweis. In einer der Handschriften lag ein Zettel, der offensichtlich früher einmal als Lesezeichen benutzt worden war. Er war dort, wo er über den Rand des Buches hinausgeragt hatte, eingerissen, eingerollt, gebleicht. Dort, wo er zwischen die Blätter eingepreßt war, war er zwar vergilbt, aber glatt. Ich legte ihn zunächst beiseite. Später schaute ich ihn kurz und mehr gedankenlos an, bevor ich ihn in den Papierkorb werfen wollte. Meine Gedanken waren bei meiner Arbeit, ganz woanders. Was ich aber – quasi nur mit körperlichen Augen – auf dem halb gerollten, eingerissenen, halb vergilbten, geglätteten Zettel las, zog meine Aufmerksamkeit auf sich, als wäre sie in einen blitzschnellen Strudel geraten, dessen trichterenger Ausgang just auf dem einen Punkt, dem Zettel, lag.

Der Zettel war eine alte Katalogkarte. Sie verwies auf ein Psalterium aus der Rhodos-Ritter-Zeit, dem eine unentzifferte Handschrift beigebunden war. Der Titel der unentzifferten Handschrift war äußerst ungelenk angeführt, offenbar nur optisch, ohne Verständnis abgeschrieben. Aber selbst daraus erkannte ich sofort, daß die Handschrift in meiner Muttersprache abgefaßt sein mußte, in einer Sprache, die freilich hier in Skaumo seit Bestehen der Welt kaum jemand gesprochen hat, weshalb man sie mit Fug und Recht für nicht entzifferbar hielt.

Ich kannte mich in der Bibliothek längst aus, hatte Erlaubnis von Dr. Suvin, mir selber zu holen, was ich brauchte. Ich fand die neue Katalogkarte für das Psalterium. Das Werk selber lag in einem abgeschlossenen kleinen Raum, wo die wertvollsten Werke aufbewahrt wurden. Auch zu diesem Raum hatte mir Dr. Suvin den Schlüssel anvertraut.

Ich hatte mich nicht geirrt. Die dem Psalterium beigebundene Handschrift war in meiner Muttersprache abgefaßt. Nicht ohne eine gewisse Bewegung las ich diese uralten Zeilen, die vor mir vielleicht noch niemand gelesen, zumindest niemand verstanden hat. – Ich will auf die Frage nicht näher eingehen, wer die Zeilen geschrieben hat (es waren drei Pergamentblätter). Ich habe mir Gedanken darüber gemacht, und man könnte mehrere Theorien aufstellen. Es war ein schlichter Bericht. Vorausschicken muß ich, daß nach dem Tod des Großmeisters Aimerie d'Amboise im Jahr 1512 nicht gleich sein späterer Nachfolger Guy de Flanchefort gewählt wurde, sondern ein anderer, der in den Quellen als »Raymundus de Monte« aufscheint. Dieser Raymundus de Monte wird als »deutscher Ritter« bezeichnet, was aber nichts anderes bedeutet, als daß er der »Zunge von Deutschland« angehörte. Es gab acht Zungen in der Rhodos-Ritterschaft: drei französische (Frankreich, Auvergne und Provence), zwei spanische (Aragon und Kastilien), eine italienische, eine englische und eine deutsche. Ungarn, Holländer, Polen und alle Nordländer gehörten zur »deutschen Zunge«. Raymundus de Monte war entweder Gouverneur von Skaumo, oder er hielt sich gerade in Skaumo auf, als er zum Nachfolger Aimeries gewählt wurde. Er starb auf dem Weg nach Rhodos zur Inauguration. In den meisten Quellen wird er daher auf den Listen der Großmeister nicht mitgezählt.

Das Dokument, das ich in Händen hatte, schilderte erschütternd schlicht das Geschick von Raymund de Montes Neffen »Gebhardus«. Ich halte es für möglich, daß der designierte Großmeister selber die Zeilen niedergeschrieben und sich dabei seiner Muttersprache – meiner alten Muttersprache – als einer Geheimschrift bedient hat. Wie weit oder wie wenig es wahrscheinlich ist, daß ein Rhodos-Ritter schreiben konnte, mag dahingestellt bleiben. Das Dokument enthielt einen Hinweis auf die baldige Abreise Raymunds und auf die künftige Großmeisterwürde. Es mußte also in den letzten Tagen seines Aufenthaltes in Skaumo abgefaßt worden sein.

Der Neffe »Gebhardus« hatte ein Katapult konstruiert – er schützte vor, an einer kriegerischen Erfindung zu arbeiten –, das er auf dem »Migâl« aufstellte, und mit dessen Hilfe er sich, als es fertig war, über die Mauer schleuderte. Raymundus habe, schrieb er, seinen Neffen sehr geliebt. Er habe seiner Schwester, der Mutter des »Gebhardus«, das Gelübde getan, auf ihn aufzupassen. Nun habe er dieses Gelübde gebrochen. Warum sich Gebhardus über die Mauer katapultierte, wußte wohl nur der junge Mann allein. Der Onkel in seinem Bericht äußerte kurze und dunkle Vermutungen. Offensichtlich wollte er sich nicht festlegen, denn es war – und ist bis heute – nicht entschieden, was als größerer Frevel zu gelten hat: Selbstmord oder der gotteslästerliche Forscherdrang, der wissen will, was jenseits der Mauer von Skaumo ist.

Mein Aufenthalt in Skaumo näherte sich seinem Ende. Ich war nun schon sechs Wochen hier und hätte einem neu ankommenden Fremden ohne weiteres auch den letzten Winkel der Stadt zeigen können, was immer er auch sehen hätte wollen. Es kamen aber keine Fremden.

In der letzten Woche meines Aufenthaltes schwänzte ich jeden zweiten Tag die Bibliothek. Meine Arbeit war so gut wie fertig. Vorausschikken muß ich noch, daß ich Dr. Suvin von meinem Fund der unentzifferten Handschrift erzählte. Dr. Suvin war nicht übermäßig interessiert, es betraf ja nicht sein Fach. Dennoch bat er mich – mehr pflichtgemäß – um eine Übersetzung. Ich übersetzte die Handschrift ins Englische. Dr. Suvin gab mein handgeschriebenes Manuskript seinem Neffen Robert, der es mit der Schreibmaschine kopieren sollte.

Ich lag am Mittwoch vor meiner Abreise (am Samstag wollte ich fahren, das Taxi zur nächsten Bahnstation war bestellt) abends schon im Bett, da kam Byron Smaragdakis aufgeregt herauf und bestellte mir, daß unten in der Gaststube ein Herr mich erwarte. Ich zog mich rasch an und ging hinunter. Es war Robert. Sehr verlegen erklärte er – er log sichtlich –, daß er als sicher angenommen habe, ich sei noch auf, sonst wäre er nicht gekommen. Ich fragte, was es gäbe. Er habe, sagte er, durch Zufall heute den Schlüssel zum Turm der Katharinenkirche. Ob ich mit hinaufsteigen wolle.

So stiegen wir gegen Mitternacht, Robert und ich, in den Turm der Katharinenkirche hinauf.

»Ich bin einmal«, sagte ich im Hinaufsteigen, »sehr unbedacht genau zur Mittagsstunde auf den Turm der Markuskirche hinaufgefahren. Als ich oben war, haben die Glocken zu läuten angefangen. Das hat gedröhnt... ich hatte das Gefühl, mir fallen die Zähne heraus.«

»Im Turm der Katharinenkirche läuten keine Glocken mehr«, sagte Robert, »nicht zu Mittag und nicht zur Mitternacht.«

Robert hatte eine Taschenlampe dabei. Die Stiege und die ganzen Balken waren, soweit der fahle Schein der Lampe reichte, mit Taubenkot und Exkrementen von Fledermäusen bedeckt, die ätzend stanken und stellenweise bereits stalagmitenartige Bildungen annahmen, und durch uralte, mir schien es seildicke, Spinnweben verfilzt. Die anfänglich breite Stiege verjüngte sich quasi in den Turm nach oben hin zur Leiter. (»Die einzige in Skaumo zugelassene Leiter«, sagte Robert.) Die Sprossen waren stellenweise von jahrhundertealtem Taubenkot so verkrustet, daß man kaum steigen konnte.

Obwohl es – außer der neuen Perspektive – vom Turm aus vorerst nichts von der Stadt zu sehen gab, was ich nicht schon kannte, bereute ich nicht, mit Robert hier heraufgestiegen zu sein.

»Ich dachte mir«, sagte Robert wie entschuldigend, »daß es eine seltene Gelegenheit ist. Und weil Sie ja schon bald wegfahren; und nachdem ich durch Zufall den Schlüssel bekommen habe...«

Es war dunstig. Sterne waren kaum zu sehen, nur ein paar drangen mit ihrem Licht durch den Dunst. Drei oder vier Schattierungen von Nachtblau oder Blauschwarz wölbten sich übereinander. Der Mond stand über der Großen Mauer, von einem schmalen staubgrauen Wolkenstreif durchschnitten. Da kam ein großer schwarzer Vogel herüber. Mit einigen schweren, trägen Flügelschlägen hob er sich hinter der Großen Mauer hervor, durchquerte just die Scheibe des Mondes und verschmolz darüber mit der nachtblauen Wölbung.

»Gebhardus' Seele?« sagte Robert und lachte.

»Meinen Sie?« sagte ich.

»Ob es einen Sinn gehabt hat?« sagte Robert.

»Sie meinen: was Gebhardus getan hat?«

»Er weiß oder er wußte, was jenseits der Mauer ist«, sagte Robert. »Der Einzige, bis heute. Er wußte es, vielleicht nur für ein paar Sekunden. Hat das einen Sinn? Die Erfahrung für ein paar Sekunden. Immerhin hat es *ein* Mensch einmal gewußt. Er schleudert sich hinaus – stelle ich mir vor –, und in dem Moment, wo er die Mauer überfliegt, öffnet sich ihm die Erkenntnis; die Erkenntnis, die nur er allein hat –«

»Es kann die Erkenntnis von etwas Schrecklichem gewesen sein«, sagte ich.

»Aber er hat es gesehen –«

»Uns hilft es nichts«, sagte ich.

»Hat es ihm geholfen?« fragte er.

»Was ist das?« fragte ich.

Unten an dem ehemaligen Klostergebäude – am alten Bau, nicht an der Bibliothek – hatte man Licht gemacht. Ein Lastwagen war vorgefahren, und, für hiesige Verhältnisse erstaunlich leise, Männer hatten angefangen, geschäftig hin und her zu laufen.

»Sie sind noch nicht draufgekommen?« sagte Robert.

»Worauf?«

»Das sind die Hunde«, sagte er.

Die Männer unten schleppten tote Hunde aus dem Kloster und warfen sie auf den Lastwagen. Es ging sehr schnell. Bald war der Wagen voll und fuhr ab. Ein zweiter Wagen kam. Schon hatten die Männer wieder tote Hunde heraufgeschleppt und aufs Pflaster geworfen. Rasch wurden auch diese Kadaver aufgehoben.

»Es soll natürlich geheim bleiben«, sagte Robert. »Das sind die Amerikaner. Sie kaufen die toten Hunde auf und machen ein spezielles Getränk draus.«

»Ich habe immer schon eine Abneigung gegen dieses Getränk gehabt«, sagte ich.

Als ich am Tag darauf, am Donnerstag, in die Bibliothek ging, war, wie ich schon geschrieben habe, der Gestank weg. Offenbar waren alle Hunde fortgeliefert worden.

11

Es war von Freitagmittag an natürlich das einzige Stadtgespräch in Skaumo, daß sich Dr. Suvins Neffe mit Hilfe eines selbstgebauten Katapultes über die Große Mauer geschleudert hatte.

Byron Smaragdakis, der Wirt, schilderte das schreckliche Ereignis, als sei er dabeigewesen. Da in seiner Gaststube alle Nachrichtenströme der Stadt zusammenbrandeten, war er in einem gewissen Sinn auch immer im Schnittpunkt aller Vorkommnisse.

Smaragdakis wußte, daß Robert im Hof eines nur von einer alten Frau (einer entfernten Cousine von Frau Smaragdakis) bewohnten Hauses nahe der Mauer einen Apparat aus Balken, Seilen und einem großen Stein gebaut habe. »Der alten Frau hat er gesagt«, sagte der Wirt, »daß er ein mechanisches Experiment mache. Sie heißt Panteli und ist strohdumm. Sie hat überhaupt nichts gemerkt. Ein entsetzliches Schicksal!« Smaragdakis jammerte, aber man hatte den Eindruck, er nahm soviel Anteil an dem Fall wie das Zeitungspapier an einer Schauernachricht, die auf ihm gedruckt ist. »Ein Großonkel meiner angeheirateten Nichte Georgiana Kantcukov, ein gewisser Sugu, den sie den alten Zwonimir nennen, hat es zufällig gesehen. Der alte Zwonimir wohnt nur drei Häuser weiter. Er hat zufällig das Fensterbrett an einem Fenster repariert – Sugu ist Zimmermann –, das auf die Große Mauer hinausgeht. Ein furchterregender Schicksalsschlag! Zufällig hat er nach oben geschaut – er ist ein Freund von mir –, da fliegt Dr. Suvins Neffe vorüber. Er hat bei der Geschwindigkeit und auf die Entfernung natürlich nicht gesehen, daß es Dr. Suvins Neffe war. Er ist geflogen, wie man eine Puppe wirft, sagte der alte Zwonimir. Er hat sich steif in der Luft gedreht, und die Arme sind so hin und her geschlenkert.«

Ich will mir nicht ersparen, meinen Abschieds- und nun Kondolenzbesuch bei Dr. Suvin am Freitagabend zu schildern. Ich will auch nicht verhehlen, daß ich erwog, gegen alle Regeln der Höflichkeit gar nicht hinzugehen und – das Taxi war ja schon bestellt – morgen ohne Gruß aus Skaumo zu verschwinden. Wäre es so unhöflich gewesen? Auf dem Weg zu Dr. Suvin überlegte ich, ob ich ihm von dem Gespräch mit Robert auf dem Turm der Katharinenkirche erzählen sollte. Das Geschenk für Dr. Suvin – ein wertvolles Buch, das ich mir bald nach dem ersten Gespräch mit Suvin von meiner Gesellschaft hatte hierher schicken lassen – nahm ich gar nicht mit. Ich würde es, nahm ich mir vor, am Samstag dem Wirt Smaragdakis übergeben mit einer Karte meiner Gesellschaft und Trinkgeld für einen Boten. Ob Smaragdakis ehrlich ist? Mit dem Buch kann in ganz Skaumo ohnedies niemand etwas anfangen außer Dr. Suvin. Also wird Smaragdakis ehrlich sein, in dem Fall.

Dr. Suvin hatte sich eine schwarze Krawatte

umgebunden. Er hatte sie – eine neue, sehr häßlich glänzende schwarze Krawatte – mit einem großen, ungelenken Knoten um den Kragen seines verwaschenen, zerschlissenen Hemdes gebunden. Er war kühl und höflich zu mir. Ich setzte immer wieder an – wie sagt man: mein Beileid auszudrücken. Ich redete aber dann doch jedesmal nur davon, daß meine Arbeit nun abgeschlossen und daß sie sehr wertvoll für meine Gesellschaft sei, dank seiner, Dr. Suvins, Hilfe. Ich sagte das insgesamt viermal.

Ich erzählte nichts vom Turm der Katharinenkirche.

Der Moment, spürte ich, wo ich aufstehen mußte und endlich gehen, rückte näher. Noch immer hatte ich nicht kondoliert. Sollte ich es unterlassen? Durfte ich gar nichts sagen? Nein. Ich gab mir einen Ruck.

»Das mit Ihrem Neffen, Dr. Suvin...« sagte ich.

»Ja?« Es war ein spitziges ›Ja‹.

»...es tut mir leid.«

»Ja, ja«, sagte Dr. Suvin.

Ein Keil von Kälte kam seitlich heran und schob sich zwischen uns, schob uns auseinander. Ich gab ihm die Hand und ging schnell.

Herbert Rosendorfer im dtv

Das Zwergenschloß
und sieben andere Erzählungen
dtv 10310

Vorstadt-Miniaturen

Hintergründig-groteske Alltagsszenen. dtv 10354

Briefe in die chinesische Vergangenheit

Ein chinesischer Mandarin aus dem 10. Jahrhundert gelangt mittels einer Zeitmaschine in das heutige München.
dtv 10541 / dtv großdruck 25044

Stephanie
und das vorige Leben

Eine fesselnde Geschichte auf dem schmalen Grat zwischen Traum und Wirklichkeit. dtv 10895

Königlich bayerisches Sportbrevier

Rosendorfer beschreibt alle bayerischen Sportarten wie Fensterln, Maibaumkraxeln, Fingerhakeln, Maßkrugstemmen... dtv 10954

Die Frau seines Lebens
und andere Geschichten · dtv 10987

Ball bei Thod · Erzählungen

Der makabren Titelgeschichte folgen noch 37 weitere. dtv 11077

Vier Jahreszeiten im Yrwental
Vier Berichte

Vier Kinder erleben die Ereignisse zwischen Untergang des Hitlerreiches und Aufstieg der Demokratie mit, an die sie sich vierzig Jahre später erinnern.
dtv 11145

Foto: Isolde Ohlbaum

Eichkatzelried
Geschichten aus Kindheit und Jugend · dtv 11247

Das Messingherz
oder Die kurzen Beine der Wahrheit

Albin Kessel, Autor durchschnittlich-populärer Bücher wie »Die Friesen«, »Die Diabetiker« usw. wird eines Tages vom Bundesnachrichtendienst angeworben... Ein hintersinniger, heimtückischer Behördenroman. dtv 11292

Bayreuth für Anfänger

Ein liebenswert-frecher Führer durch die Festspielstadt. dtv 11386

Der Ruinenbaumeister

»Wer in einen Zug steigt, in dem sechshundert Nonnen eine Wallfahrt nach Lourdes antreten, ist froh, ein Abteil für sich allein zu finden.« ... auch wenn er darin plötzlich lauter groteske, komische, märchenhafte, erotische und turbulent-dramatische Abenteuer erlebt. dtv 11391

Thomas Bernhard im dtv

Foto: Isolde Ohlbaum

Die Ursache
Eine Andeutung

»Thomas Bernhard schildert die Jahre 1943 bis 1946, als er eine drückende, geistabtötende, zuerst nationalsozialistische, dann katholische Internatszeit erlebte ... Wenn etwas aus diesem Werk zu lernen wäre, dann ist es eine absolute Wahrhaftigkeit.« (Frankfurter Allgemeine Zeitung)
dtv 1299

Der Keller
Eine Entziehung

Die unmittelbare autobiographische Weiterführung seiner Jugenderinnerungen aus ›Die Ursache‹. Der Bericht setzt an dem Morgen ein, als der sechzehnjährige Gymnasiast auf dem Schulweg spontan beschließt, sich seinem bisherigen, verhaßten, weil sinnlos erscheinenden Leben zu entziehen, indem er »die entgegengesetzte Richtung« einschlägt und sich im Keller, einem Kolonialwarenladen, eine Lehrstelle verschafft ...
dtv 1426

Der Atem
Eine Entscheidung

»In der Sterbekammer bringt sich der junge Thomas Bernhard selber zur Welt, auch als unerbittlichen Beobachter, analytischen Denker, als realistischen Schriftsteller. Aus dem Totenbett befreit er sich, in einem energischen Willensakt, ins zweite Leben.« (Die Zeit)
dtv 1610

Die Kälte
Eine Isolation

Mit der Einweisung in die Lungenheilstätte Grafenhof endet der dritte Teil von Thomas Bernhards Jugenderinnerungen, und ein neues Kapitel in der Lebens- und Leidensgeschichte des Achtzehnjährigen beginnt. Bis schließlich sein Lebenswille die Oberhand gewinnt, bedarf es vieler schmerzhafter Erfahrungen.
dtv 10307

Ein Kind

Die Schande einer unehelichen Geburt, die Alltagssorgen der Mutter und ihr ständiger Vorwurf: »Du hast mein Leben zerstört« überschatten Thomas Bernhards Kindheitsjahre. »Nur aus Liebe zum Großvater habe ich mich in meiner Kindheit nicht umgebracht« bekennt Bernhard rückblickend auf jene Zeit.
dtv 10385

Alois Brandstetter im dtv

Die Abtei

Eine große Klage wird da von Alois Brandstetter in Gang gesetzt, ein circulus lamentationum, der keine Problematik ausläßt, seien es nun die mangelnden Fähigkeiten der Politiker, sei es die betrübliche Situation der gymnasialen Schulbildung oder die Depravation des Mönchtums. dtv 10218

Über den grünen Klee der Kindheit

Brandstetter erinnert sich an die Sorgen und Freuden des bäuerlichen Lebens in seiner Heimat, an Landschaft und Menschen, die sich ihm eingeprägt haben. dtv 10450

Altenehrung

Dünkel und Überheblichkeit, Besserwisserei und Beckmesserei werden dem Ich-Erzähler nach seiner »Untat« vorgeworfen. Doch er wollte nichts anderes, als auf den »Mißstand der vielen politischen und damit unsachlichen und unfachlichen Entscheidungen« bei Besetzungen öffentlicher Ämter aufmerksam machen. dtv 10595

Zu Lasten der Briefträger

Der Herr, der hier in jeder Hinsicht das große Wort führt, bleibt anonym. Sein imaginärer Gesprächspartner ist der Postmeister eines niederbayerischen Dorfes, der drei Landbriefträger unter sich hat, über deren Schwächen Klage geführt wird. dtv 10694

Vom Schnee der vergangenen Jahre

Früher waren die Winter irgendwie kälter, schneereicher, glanzvoller. In diesen autobiographischen Skizzen untersucht Brandstetter, warum das so war. Ob er von seinen ersten Ski-Erlebnissen oder vom Eisstockschießen zur Zeit seiner Kindheit in dem kleinen österreichischen Dorf Pichl erzählt, oder ob er humorvoll die Anschaffung des ersten Radioapparats kommentiert, immer geht er den Dingen auf den Grund. dtv 11149